Nedim Husejinovic

Die Chroniken der

Maddie St. Jones

-

Episode 1

Im Auftrag Ihrer Majestät

© 2020 Nedim Husejinovic

Autor: Nedim Husejinovic

Umschlaggestaltung, Illustration: Sabine Marie Körfgen

Korrektorat: Gabriele Militsch, Anne-Kathrin Meyer

Verlag & Druck: tredition GmbH, Halenreie 40-44, 22359 Hamburg

ISBN:

Paperback: 978-3-347-16333-1

Hardcover: 978-3-347-16334-8

E-Book: 978-3-347-16335-5

Inhalt

Das Adlernest

„Das ist zu hoch, Maddie!", rief Charles, aber Maddie hörte nicht auf ihn, natürlich. Stattdessen grinste sie, nahm ihre Zunge zwischen die Zähne und zog sich noch einen Ast weiter hinauf. Zum Glück hatte ihre Mutter ihr dieses neue Kleid geschneidert, das ihr mehr Beinfreiheit gab und mit dem sie besser klettern konnte. Es waren nur wenige Griffe nötig und Maddie konnte die Falten ihres Rockes einfach öffnen und an der Seite befestigen. So lagen ihre Beine frei, was natürlich vollkommen unschicklich war. Für eine kleine Lady von elf Jahren gehörte es sich auch nicht, auf Bäume zu klettern, aber das war Maddie gleich. Und ihre Mutter Sarah war glücklicherweise so klug, nicht zu versuchen, ihre Tochter in eine Richtung zu drängen, die ihr nicht entsprach.

Lady. Wie eine Lady würde sie nie aussehen, das wusste Maddie nur zu gut. Schon ihre langen, stets gelockten, unbändigen dunkelroten Haare verdeutlichten das. Dazu hatte sie noch diese helle, fast weiße Haut versehen mit den Sommersprossen, insbesondere um die Nase und die Wangen herum. Und erst ihre grünen, strahlenden Augen… Nein, damit war Maddie wahrlich wenig ladyhaft.

„Ich kann gar nicht hinsehen", meinte Rachel und drehte sich theatralisch zur Seite. Selbstverständlich legte sie sich auch die Hände über die Augen. „Charles, tu doch etwas!"

„Was soll ich denn tun?", fragte Charles hilflos. „Ich klettere da bestimmt nicht hinauf."

Anklagend sah Rachel ihn an und schüttelte dann den Kopf. Als sie zu Maddie hochblickte, stemmte sie die Fäuste in die Hüften, was ganz und gar nicht damenhaft aussah. „Madison Elizabeth Charlotta St. Jones, du kommst sofort da herunter. Sonst wird noch ein Unglück geschehen. Das ist unverantwortlich. Ich werde Mister Eliot holen."

Maddie lachte. „Den Jagdaufseher? Und was soll der tun? Mich herunterschießen?"

Rachels Gesicht wurde rot vor Zorn und unwillkürlich hielt sie die Luft an. Das tat sie immer, wenn sie sich aufregte. Maddie liebte es, weil Rachel dann nicht mehr in der Lage war, dumme Sachen zu sagen.

„Charles, tu doch endlich etwas!", wandte sich Rachel wieder an ihren kleinen Bruder. Der blickte sie nur irritiert an.

„Was soll ich denn tun?"

„Das weiß ich doch nicht. Du bist der Mann hier. Erledige das."

Charles Blick wurde noch irritierter. „Ich bin erst zehn Jahre alt."

„Na und? Andere haben in deinem Alter schon ganze Königreiche beherrscht."

„Ich bin aber kein König", erwiderte Charles schnippisch.

„Und mit dieser Einstellung wirst du es auch nie werden", meinte Rachel, ebenfalls schnippisch. „Als König oder Königin benötigt man gewisse Qualitäten, die du ganz sicher nicht hast. So wird die Prinzessin dich nie zum Gatten erwählen."

Charles verzog das Gesicht. „Sie ist doppelt so alt wie ich."

„Die Königin hat auch noch andere Töchter."

Charles schüttelte den Kopf. „Du kannst ja einen der Prinzen heiraten. Dann wirst du Königin und ich bleibe hier auf dem Land."

Rachel schüttelte ebenfalls den Kopf. „Würdest du jetzt endlich mal etwas unternehmen und Madison da herunterholen."

Charles atmete durch. „Nicht mal Ihre Majestät würde Mad Maddie da herunterbekommen, wenn sie sich in den Kopf gesetzt hat, da hinaufzuklettern." Dann sah er wieder nach oben. „Ich wünschte, ich könnte auch so klettern wie sie."

Rachel zog die Luft ein. „Das wirst du ganz sicher nicht. Das ist viel zu gefährlich. Ihr würdet beide herunterstürzen und dann wärt ihr beide tot. Und mir würde man die Schuld geben. Das wäre schrecklich."

Charles achtete gar nicht mehr auf seine große Schwester. Nur weil sie schon vierzehn Jahre alt und somit älter als Maddie und er war, glaubte sie, alle beide herumkommandieren zu dürfen. Alles, was Spaß machte, war verboten, wenn es nach ihr ginge. Und zu ihren Regeln gehörte ganz explizit, dass man nicht auf Bäume kletterte. Zum Glück waren Charles und Maddie aber schneller und beweglicher als sie, was vor allem daran lag, dass sie eben nicht über solche praktisch geschnittenen Kleider verfügte wie Maddie. Außerdem fürchtete sich Rachel vor allem, besonders vor Schmutz. Und Schmutz gab es auf dem Land nun einmal überall.

Maddie war mittlerweile so hoch geklettert, dass sie durch die Äste fast das gesamte Land überblicken konnte, womöglich bis in die Highlands. Wie gerne hätte sie diese wiedergesehen. Es war schon Jahre her, dass sie dort gewesen war. Dort, wo auch die Männer Röcke trugen, nur dass sie diese nicht so nannten, sondern Kilts. Aber auch sie hatte einen solchen Kilt einmal tragen dürfen, der ihr gerade einmal bis zu den Knien reichte.

Maddie lachte bei dem Gedanken daran. Damals waren ihre Beine niemals sauber gewesen, sondern sie waren praktisch immer vom Schlamm verschmiert.

Rachel hätte sicher regelmäßige Schwächeanfälle bekommen.

„Kannst du schon etwas sehen?!", rief Charles von unten und riss Maddie damit aus ihren Gedanken.

Maddie blickte hoch. „Nein. Hier sind die Äste zu dicht. Aber ich müsste gleich angekommen sein."

„Das wirst du nicht!", rief nun wieder Rachel. „Du kommst sofort dort herunter. Du wirst dir noch den Hals brechen und man wird mir die Schuld daran geben."

Charles grinste. „Ich denke, du kannst dir dessen sicher sein, dass niemand davon ausgehen wird, dass du Maddie hättest aufhalten können."

Rachel knuffte Charles auf den rechten Arm.

„Aua. Das gehört sich nicht für eine Dame."

Rachel lächelte schief. „Hier ist niemand, dem du das sagen kannst."

Charles wollte etwas erwidern, aber Maddie unterbrach seinen Gedanken.

„Ich bin gleich da", rief sie.

„Nein, bist du nicht", entgegnete Rachel, „weil du auf der Stelle wieder herunterkommst."

Maddie grinste nur und zog sich vorsichtig am letzten Ast hoch. Da war es. Wie sie es sich gedacht hatte, hatte ein Adler tatsächlich ein Nest oben in der Baumkrone errichtet. Es war rund und sehr groß. Viel größer als die Nester, die sie davor gesehen hatte. Entsprechend groß musste auch der Adler sein, sicherlich ein prächtiges Tier.

„Das Nest ist mindestens einen Meter breit. Es muss von einem Adler stammen", rief sie hinunter.

Rachel verzog das Gesicht. „Das kann nicht sein. In England leben keine Adler, die so groß sind."

Charles zuckte mit den Schultern. „Wer weiß? Der Äther verändert alles. Vielleicht ist er von Amerika herübergekommen."

„Die Strecke wäre zu weit."

„Andere Tiere legen noch viel größere Strecken zurück, um zu nisten", gab Charles zu bedenken. „Vielleicht ist er hier, um seine Jungen geschützt aufzuziehen."

Rachel lachte humorlos auf. „Und dann kommt Mad Maddie."

„Sie wird den Eiern nichts tun."

„Ja, genau. Sie tut ja nie etwas. Und sie ist auch nie an den Katastrophen schuld, die sie auslöst."

Maddie bekam von dem Streitgespräch nichts mit. Viel zu fasziniert betrachtete sie das mit unzähligen flauschigen Federn ausgestattete Nest, in dem gut sichtbar vier Eier lagen. Diese gehörten eindeutig keinem Huhn. Zu gerne hätte Maddie sie einmal angefasst, aber sie wusste, sie durfte das nicht. Nur beobachten, nicht anfassen, pflegte ihre Mutter immer zu sagen. Maddie hielt sich daran.

Normalerweise bauten Adler ihre Nester eher an Felsen, aber davon gab es in der Gegend kaum welche. Ein paar Hügel hier und da, aber keine Berge oder Felsen. Wieder blickte sich Maddie um und sah in die Ferne. In den Highlands hätte der Adler noch viel bessere Verstecke für sein Nest finden könne. Aber scheinbar wollte er hier nisten.

Ein Kreischen riss sie aus ihren Gedanken.

„Oh nein!", rief Rachel und schlug sich die Hände vor den Mund.

Maddie sah sich um. Da war er. Ein wahrhaft gewaltiger Adler, der mitten in der Luft stand. Mit seinen beiden Schwingen war er zweifellos so groß wie sie selbst. Sein Federkleid schimmerte bläulich und sein Schnabel war gelb. Seine Augen fixierten sie, während Maddie nicht wagte sich zu bewegen. Erst jetzt bemerkte sie, wie nah sie dem Nest und vor allem den Eiern war. Dies würde dem Adler bestimmt nicht gefallen. Ganz und gar nicht gefallen.

„Komm ganz langsam und vorsichtig wieder herunter", meinte Charles. „Keine hastigen Bewegungen."

„Was passiert, wenn sie sich hastig bewegt?", wollte Rachel mit noch immer vor den Mund gehaltenen Händen wissen.

„Dann wird der Adler heute nicht mehr auf Beutesuche gehen müssen, weil er genügend Beute hat."

Rachel schluchzte. „Das klingt nicht gut. Das klingt überhaupt nicht gut. Ganz vorsichtig, Madison!"

Maddie wäre es lieber gewesen, Rachel hätte nicht so laut geschrien. Vielleicht glaubte der Adler, Rachel würde Maddie zurufen, sie solle schnell ein Ei nehmen. Und offensichtlich schien der Adler genau das zu denken.

Doch dann geschah etwas, womit Maddie nicht gerechnet hatte. Und gleichzeitig ihre Lage noch verschlechterte.

Eines der Eier vor Maddie bewegte sich deutlich. Und dann sprang die Schale auf und ein kleiner spitzer Schnabel kam zum Vorschein, gefolgt von einem kleinen Kopf. Im nächsten Moment öffnete sich der Schnabel und ein unglaublich rührendes Wehklagen ertönte.

„Oh nein", meinte Charles nur.

„Oh nein?! Was meinst du mit ‚Oh nein'?!"

Aber Charles hatte keine Chance mehr, seiner Schwester zu antworten.

Der Adler stieß herab, genau auf Maddie zu.

Maddie hatte dies geahnt. War der Adler schon vorher wegen der Eier nervös gewesen, so hatte sich dies mit dem Schlüpfen eines Kükens noch verschlimmert. Als also der Adler auf sie zukam, tat Maddie das Einzige, was sie tun konnte: Sie ließ sich fallen.

Da die Äste dicht genug standen, war der Sturz nicht tief. Es reichte aus, um aus der Reichweite des sehr zornigen Adlers zu kommen. Doch dieser umkreiste nun den Baum und suchte nach einer Gelegenheit, doch noch an Maddie heranzukommen.

Maddie sah sich um. Sie musste in Bewegung bleiben, da der Adler nur auf eine Gelegenheit wartete, wieder zuzustoßen. Leider waren hier die Blätter und Äste nicht mehr so dicht und boten daher keinen ausreichenden Schutz. Gleich würde der Adler wieder angreifen und Maddie würde sich nur dadurch retten können, dass sie sich zu Boden fallen ließ. Doch dieser Sturz würde ganz sicher nicht mehr so glimpflich verlaufen.

Maddie blickte sich suchend zu allen Seiten um. Es musste noch etwas anderes geben als einen Sprung, bei dem sich mit Gewissheit den Hals brechen könnte. Ihr musste schnell etwas einfallen, denn der Adler machte sich schon bereit. Schließlich hatte sie eine Idee.

„Was machst du da?!", rief Rachel.

„Ich muss in den anderen Baum springen!", erklärte Maddie. „Der hat mehr Blätter."

„Was?!", entfuhr es Rachel lauthals. „Nein, Maddie, das wirst du nicht tun! Du springst auf keinen Fall in einen anderen Baum! Hörst du?! Du wirst nicht springen!"

Maddie hörte nicht auf Rachel. Wenn sie nicht sprang, würde der Adler sie angreifen. Wenn sie sich in dem anderen Baum befand und somit keine Gefahr mehr für seine Jungen darstellte, ließ er vielleicht von ihr ab.

Maddie stemmte die Füße auf den Ast und spannte ihre Muskeln an. Der andere Baum schien nahe und doch so weit entfernt. Wenn es ihr gelang, wäre sie bestimmt in Sicherheit. Wenn sie danebensprang, wäre der Sturz mit Sicherheit viel schlimmer, als wenn sie sich hier einfach fallen ließe.

Kurz zögerte Maddie noch. Doch als der Adler erneut herabstieß, sprang sie ab. Nur entfernt vernahm sie, wie Rachel aufschrie.

Der Aufbruch

Der Flug schien ewig zu dauern. Alles erschien Maddie wie in Zeitlupe. Als würde die Zeit ganz allmählich einfrieren. Unter sich erkannte sie, wie Rachel ohnmächtig zu Boden sank. Hinter sich spürte sie den Luftzug des Adlers, der sich auf sie herabstürzte, seine Krallen ausrichtete und wütend schrie. Das rettende Blätterdach des anderen Baumes schien nur unendlich langsam auf sie zuzukommen. Alles konnte einen winzigen Moment zu spät sein.

Dann nahm alles plötzlich wieder seine normale Geschwindigkeit auf. Maddie krachte regelrecht durch die dünnen Äste und Blätter und landete auf einem starken Ast. Gleichzeitig drehte der Adler mit einem lauten Kreischen ab und erhob sich wieder in die Lüfte.

Maddie umklammerte den Ast und wartete darauf, dass der Adler zurückkommen würde, um sich endgültig auf sie zu stürzen. Dann blieb ihr tatsächlich nichts anderes übrig, als sich fallen zu lassen.

Als sie einige Zeit so verharrt hatte, öffnete sie langsam die Augen. Vorsichtig blickte sie sich um und sah, dass sie sich mitten in der von dichten Blättern bewachsenen Baumkrone befand. Absolute Gewissheit hatte sie nicht, aber sie glaubte, der Adler würde sie jetzt in Ruhe lassen.

Ganz vorsichtig und langsam kletterte sie den Baum hinunter. Das Herz schlug ihr bis zum Hals, aber gleichzeitig fühlte sie sich auch glücklich. Sie hatte das Schlüpfen eines Adlers gesehen. Vielleicht des Ersten einer neuen Art. Das konnte ihr keiner nehmen. Darum waren ihr auch die Prellungen und Schürfwunden, die sie mit einem Mal überall spürte, gleichgültig.

Als sie endlich unten ankam, stand Charles schon da. In der einen Hand hielt er einen dicken Stock und in der anderen einen von Maddies Schuhen.

Maddie und Charles blickten beide nach oben, dann sahen sie sich an und lachten.

„Du bist wirklich verrückt, Mad Maddie. Total verrückt", meinte Charles nur.

„Es war unglaublich! Alleine, das Nest zu sehen und dann die Eier. Aber dann ist da dieses Küken geschlüpft. Du hättest es sehen sollen."

Charles lachte. „Maddie. Da war ein riesiger Adler, der dich umbringen wollte."

Maddie zuckte mit den Schultern. „Es konnte ja keiner ahnen, dass ausgerechnet dann seine Jungen schlüpfen würden. Da war es kein Wunder, dass er wütend war."

Beide blickten auf Rachel, die noch immer ohnmächtig auf dem Boden lag.

„Jetzt hätte ich gerne eines von diesen Geräten, mit denen man Bilder machen kann", meinte Charles grinsend.

Maddie nickte. „Ja. Damit werden jetzt alle Forschergruppen ausgestattet. Wirklich fantastisch. Aber ich hätte lieber ein Bild von dem kleinen Adler. Dein Vater besorgt sich doch ganz sicher so einen Apparat. Dann kommen wir zurück und machen ein Foto von den kleinen Adlern."

Charles lächelte schief und irgendwie traurig. „Schön wär's."

„Ja", bestätigte Maddie, „das wäre echt schön."

Wieder blickten sie auf Rachel.

„Ich glaube, es wäre zu gemein, sie hier liegen zu lassen", überlegte Charles.

Maddie atmete durch. „Ja, selbst für uns. Noch einmal dürfen wir so etwas ganz sicher nicht tun. Nicht nach dem letzten Mal."

Charles schüttelte den Kopf. „Wer konnte denn auch ahnen, dass sie sich nicht einfach aus dem Wald entfernt? Als hätte sie den Weg nicht gekannt. Aber nein, sie wartet, bis man sie rettet."

„Drama, Drama, Drama. Sie sollte Schauspielerin werden."

Charles lachte. „Das wäre völlig unter ihrem Niveau."

Beide lachten. Dabei hockte sich Charles neben seine Schwester und tätschelte ihr leicht die Wange. Langsam öffnete Rachel die Augen und sah sich verwundert um.

„Was ist passiert?", fragte sie verwirrt.

„Das Übliche", erklärte Charles. „Wir gingen durch den Wald und plötzlich fällst du einfach um."

Sofort verzog sich Rachels Gesicht in Zorn und sie richtete sich auf. „Das ist nicht passiert. Madison hatte mal wieder eine verrückte Idee. Sie ist auf den Baum geklettert und wäre beinahe von einem wild gewordenen Adler getötet worden. Und ich hätte dann den Ärger gehabt."

Charles sah zu Maddie. „Noch immer die Alte."

Maddie zuckte mit der Schulter und zog sich ihren Schuh wieder an. Dann drehte sie sich um und ging. Charles folgte ihr.

„Ihr könnt doch jetzt nicht einfach so gehen", rief Rachel ihnen nach.

„Wenn du unbedingt warten willst, dass der Adler es sich doch noch einmal anders überlegst, dann bitte", gab Charles zu bedenken, worauf Rachel sich sofort ängstlich erhob.

Auf den Weg zurück zum Anwesen wollte Rachels Schimpftirade nicht enden. Maddie hörte aber nicht zu. Schon von Weitem erkannte sie ihre Mutter, die abreisefertig neben der Kutsche stand und auf ihre Tochter wartete. Ihre Zeit hier auf Eden Borrows war endgültig vorbei. Und auch wenn ihr Rachel immer wieder auf die Nerven gegangen war, so würde sie diese doch vermissen.

Ihre Mutter hatte auf eine Ansprache angesichts des Aussehens ihrer Tochter verzichtet. Stattdessen hatte sie nur gütig gelächelt, Maddie über die Wange gestrichen und sie dann mit ins Haus genommen, damit sie sich umziehen und waschen konnte. Sich selbst band sie ihre langen kastanienbraunen Haare zu einem ordentlichen Dutt und nicht wie sonst zu einem einzigen Zopf. Am liebsten hatte Maddie es, wenn ihre Mutter ihre Haare offen trug, doch das tat sie nur noch selten.

Als sie dann losfuhren, war Rachel es, die am heftigsten weinte. Zum einen zweifellos, weil es Maddie und nicht ihr vergönnt war, nach London zu kommen, in die Hauptstadt, in der die Königsfamilie ihren Palast hatte und wo das moderne Leben stattfand. Zum anderen war Rachel aber auch sichtlich traurig, dass Maddie sie verließ. Als sie sich umarmten, wollte Rachel sie kaum loslassen. Charles erging es nicht anders, aber von ihm hatte Maddie dies auch erwartet.

Und dann fuhren sie los. Ihr Hab und Gut hatten sie schon in den Tagen vorher verschickt. Ein paar Koffer waren noch übrig, aber auch um die würde man sich kümmern. Das Einzige, was sie noch tragen mussten, waren die Kleider auf ihrem Leib, die Jacken und die Hüte, sonst nichts mehr. Maddies Mutter hatte noch eine große Tasche, die nur auf ihren Reisen zum Vorschein kam und in die wahrlich alles hineinzupassen schien.

Als Maddie die Kutsche des alten Fokner bestieg, sah sie auf das mechanische Pferd, das aus seinen Nüstern dampfend neben den anderen Pferden stand. Es schien die echten Pferde nervös zu machen, was Maddie gut nachvollziehen konnte. Die neuen Maschinen hatten Maddie schon immer fasziniert, aber manche von ihnen hatten etwas zutiefst unheimliches an sich.

„Hat mir mein Neffe gebaut", erklärte der alte Fokner nicht ohne erkennbaren Stolz in der Stimme und paffte an seiner Pfeife. „Ist jetzt auf so einer Schule. Einer Universität. Jawohl, das ist er. Lernt dort, wie man solche neumodischen Maschinen baut. Und was baut er als erste

Prüfung? Seinem alten Onkel ein äthermechanisches Pferd. Als Dank, dass ich ihm das Schulgeld bezahlt hab. Konnte seine arme Mutter ja nicht, nachdem sein Vater, der Halunke, einfach abgehauen ist. Abgehauen ist der, um in der neuen Welt nach Äther zu suchen. Sauhund." Dann schwieg der alte Fokner eine Weile und sie schuckelten nur so dahin. Dabei beobachtete Maddie das äthermechanische Pferd, dass sich in seinen Bewegungen nur wenig von denen der echten Pferde unterschied.

„Dampf und Äther", fuhr der alte Fokner fort. „So funktionieren die, jawohl. Ich versteh davon ja nix. Aber ich wäre schon froh, wenn bei mir auf dem Land so eine Ätherquelle gefunden würde. Dann könnte ich mich zur Ruhe setzen und müsste nicht mehr solche Fahrten machen. Nichts für ungut, verehrte Ladys, aber der alte Fokner würde einfach nur gerne in seinem Stuhl sitzen und die Berge betrachten, solange es sie beide noch gibt. Kann ja keiner wissen, nein. So schnell wie die Zeit rast. Der Fortschritt. Wird sicher auch nicht vor unserem schönen Land Halt machen. Und wer weiß, ja, wer weiß, vielleicht ist unser schönes Land schneller weg als der alte Fokner."

Dieser Gedanke schien den alten Mann bis zum Bahnhof zu beschäftigen. Er schwieg beharrlich und blickte nur noch trübe vor sich hin. Maddie würde auch ihn vermissen.

London

Während Maddie und ihre Mutter zu ihrem Waggon gingen, kümmerte sich der alte Fokner darum, dass ihr Gepäck verladen wurde. Der Zug, mit dem sie fuhren, gehörte nicht zu den neuesten Modellen, die rein mit Ätherdampf liefen und fast ohne Kohle auskamen. Die Lok war noch eine, die einst rein mit Dampf betrieben worden war, bevor man sie umrüstete. Zwar wollten alle die neuesten Modelle, aber nicht alle konnten sich diese leisten. Und so setzte auch die Zuggesellschaft lieber auf umgerüstete Modelle, als auf den ländlichen Strecken ihre Prunkstücke einzusetzen. Diese waren für London reserviert und verbanden alle Großstädte der Insel miteinander. Dabei bewältigten sie diese Strecken in unglaublich kurzen Zeitspannen. Aber das war auch notwendig. Denn längst hatten diejenigen, die auf Luftschiffe gesetzt hatten, diese immer weiter ausgebaut. Nicht mehr lange, so prophezeiten sie, würde jeder, der etwas auf sich hielt, arm und reich, nur noch per Luft reisen.

Maddie war auf dem Land aufgewachsen und selbst dort waren die Einflüsse des Fortschritts bemerkbar, der rasant voranschritt. Rachel und Charles Vater war von der Technik und ihren Möglichkeiten genauso begeistert wie alle. Er hatte eine Zeitschrift abonniert, die jede Woche über die neuesten Entwicklungen aus Wissenschaften, Technik und Entdeckungen berichtete.

Während Rachel dem Ganzen eher gleichgültig gegenüberstand, hatten Charles und Maddie die verschiedenen Artikel regelrecht verschlungen. Und nun, wo sie wirklich nach London fuhren, der Stadt, in der das moderne Leben regelrecht täglich neu erfunden wurde, war sie sehr aufgeregt. Alles, wovon sie bisher nur gelesen hatte, würde sie endlich sehen.

Während Maddie aus dem Fenster blickte, um die vorbeiziehende Landschaft zu betrachten, flickte Sarah das Kleid ihrer Tochter. Darin hatte sie schon so viel Übung, dass das Schaukeln des Waggons sie nicht störte. Immer wieder musste sie lächeln, wenn sie das ungläubige Gesicht ihrer Tochter sah, die wieder etwas Neues entdeckt hatte.

Als Maddie durch das Fenster des Zuges London in der Ferne erblickte, konnte sie es kaum glauben. Wie konnte eine Stadt bloß so groß sein? Und der Himmel war wahrlich überfüllt mit Luftschiffen in jeglichen Größen. Es wirkte, als würde wahrlich jeder Bewohner dieser unglaublichen Stadt ein eigenes besitzen, was natürlich unmöglich war. Oder nicht?

Der Hauptbahnhof von London war riesig und Maddie wusste nicht, wohin sie blicken sollte. So viele Menschen hatte sie noch nie an einem Ort gesehen. Und die vielen Züge. Sie sahen aus, als hätte man sie aus der Zukunft gestohlen und ins Jetzt geholt. Die Beschreibungen in den Magazinen wurden ihnen nicht einmal annähernd gerecht.

„Maddie!", wiederholte Sarah schon zum dritten Mal, aber ihre Tochter sah sie nicht einmal an. „Maddie!"

Maddie schaute wie in Trance zu ihrer Mutter und Sarah lächelte. Sie zog das Kleid ihrer Tochter zurecht, richtete ihr die Jacke und band ihr den Hut um, was Maddie widerstandslos über sich ergehen ließ.

„Lord Layton hat uns seinen Butler geschickt, Mister Barns", erklärte Sarah. „Er erwartet uns am Haupteingang. Ich möchte, dass du einen guten Eindruck machst. Hier in London laufen die Dinge etwas anders als auf dem Land. Lord Layton ist Mitglied des House of Lords. Er wird nicht so leicht von der Etikette absehen, wie es Rachels und Charles Vater getan hat. Also: Benimm dich und halte dich zurück. Hörst du? Solche Eskapaden wie zuletzt können wir uns nicht mehr leisten."

Maddie sah ihrer Mutter tief in die Augen, dann nickte sie. Sarah lächelte und strich ihr über die Wange. „Mein kleiner Wildfang. Ich bin gespannt, was London mit dir anstellt. Oder du mit London."

Dann nahm sie Maddie an die Hand und ging mit ihr Richtung Ausgang.

Maddie war von dem lebhaften Treiben im Bahnhof tief beeindruckt. Es hatte einmal eine Veranstaltung gegeben, auf der die Errungenschaften der Forschung und sogar Luftschiffe vorgestellt worden waren, aber selbst dort hatte es nicht so viele Menschen gegeben. Dass es überhaupt so viele Menschen geben konnte, war für sie ein Wunder. Natürlich wusste sie, dass es auf der Welt noch mehr Menschen gab. Aber dies so zu erleben, war schon beeindruckend.

Und dann traten sie nach draußen und standen mit einem mal mitten in der größten Stadt des Landes. Der Anblick war überwältigend. Die hohen, so reichlich verzierten Häuser. Die Kutschen, alte mit Pferden wie neue mit und ohne Äthermechaniken, die sie zogen. Ähtermechaniken, die aussahen wie Hunde, Katzen, Vögel, Tiger und sogar wie Menschen. Es war überwältigend. Und am Himmel die Luftschiffe. Manche von ihnen waren klein und flogen so tief durch die Häuserschluchten, dass sie fast die Dächer der Kutschen berührten.

„Komm weiter", riss Sarah ihre Tochter einmal mehr aus ihrer staunenden Trance und suchte weiter nach dem von Lord Layton beschriebenen Butler.

Ein älterer Mann mit einem akkurat geschnittenen weißen Haarkranz und einem vorbildlich sitzenden schwarzen Anzug trat auf sie zu und verbeugte sich.

„Lady St. Jones", meinte der Mann und verbeugte sich auch vor Maddie, die höflich knickste. „Ich bin Barns. Lord Layton schickt mich, um Sie abzuholen. Um Ihr Gepäck wurde sich schon gekümmert. Es erwartet Sie in Ihrem neuen Zuhause. Darf ich Sie bitten, mir zu folgen."

Damit deutete er erneut eine Verbeugung an und ging dann voran. Sarah lächelte ihre Tochter an, dann folgten sie Barns, der direkt auf eine Kutsche zuhielt, die wie eine Kugel aussah und über keinerlei Pferde verfügte.

„Nicht fragen", mahnte Sarah ihre Tochter, die schon den Mund geöffnet hatte und das Gefährt nur anstarrte. Als sie vor der Kutsche stand und Barns die Tür aufhielt, stellte sie fest, dass es nicht wirklich eine Kugel war. Vielmehr hatte es Ähnlichkeit mit einem großen Rad. Das Innere der Kabine unterschied sich nicht wesentlich von dem einer herkömmlichen Kutsche, außer dass alles moderner wirkte und die Ätherlampen das typische grünliche Licht abgaben.

Als Barns die Tür von außen schloss, drückte Maddie ihre Nase regelrecht gegen das Glas, um etwas erkennen zu können. Zu ihrer großen Verwunderung stieg Barns scheinbar von vorne wie auf einen normalen Kutschbock, der genau in der Mitte des Rades lag. Schon im nächsten Moment ging die Fahrt los und Maddie verstand, dass es nur die äußere Hülle des Wagens war, die sich drehte. Der Rest war unbeweglich und so spürten sie nicht einmal das so vertraute Schaukeln einer Kutsche. Vielmehr hatte die Art der Fortbewegung Ähnlichkeit mit einer Art Gleiten oder auch Fliegen.

Maddie sah durch die Fenster und entdeckte ein Wunder nach dem anderen. Wie gerne wäre sie einfach durch die Straßen gelaufen und hätte sich alles angeschaut. Charles hätte sicherlich ihre Begeisterung geteilt.

Lord Layton

Die Fahrt verging wahrlich wie im Fluge. Maddie hatte versucht, sich den Weg vom Bahnhof bis zu ihrem neuen Zuhause zu merken, aber die Eindrücke waren einfach zu zahlreich.

Und dann waren sie da. Barns stoppte die Kutsche vor einem großen Haus, dessen Eingang von großen Säulen gesäumt war. Die zahlreichen Fenster waren umrahmt von feinsten Verzierungen und jedes Detail wirkte so, als sei es gerade erst erbaut worden.

Das Innere des Hauses machte den gleichen Eindruck. Alles war penibel sauber, ordentlich und schien auf das Genaueste ausgerichtet zu sein. Ja, sie waren wahrlich nicht mehr auf dem Lande, wo alles viel wohnlicher ausgesehen hatte. Dies hier hatte eher das Ambiente eines Museums.

Ein junges Zimmermädchen kam und nahm die Hüte und Jacken von Maddie und ihrer Mutter. Dann führte Barns sie in den großen Salon des Hauses. Dort stand ein gut gekleideter Mann am Fenster und drehte sich zu ihnen um, als sie in den Raum eintraten.

Lord Layton war groß, das fiel Maddie sofort auf. Sein grauer Anzug samt Weste und weißem Hemd saß tadellos und sein dunkelbrauner Vollbart sowie seine Haare waren perfekt geschnitten. Sein Gesicht wirkte freundlich, jedoch auch sehr zurückhaltend. Als er sowohl Sarah als auch ihre Tochter betrachtete, erfolgte dies nur kurz und in aller Wahrung der Form.

„Lady Sarah St. Jones mitsamt Tochter Lady Madison St. Jones", verkündete Barns und trat dann aus dem Zimmer, um hinter sich die Tür zu schließen.

Lord Layton lächelte und nickte. „Lady Sarah St. Jones, Lady Madison St. Jones, ich freue mich, Sie in meinem bescheidenen Heim begrüßen zu dürfen. Ich hoffe, Sie hatten eine angenehme Reise."

Damit deutete er zu einem Tisch, auf dem schon ein Teeservice bereitstand.

Sarah nickte. „Danke, Lord Layton. Ja, ich muss sagen, die Fahrt war sehr angenehm."

Damit setzten sie sich und Lord Layton schenkte allen Tee ein. „Darf ich Ihnen Zucker anbieten oder Milch? Ich selber bevorzuge meinen Tee, wie er ist."

„Für mich nur etwas Milch, danke", antwortete Sarah. „Madison bevorzugt beides."

Madison. So nannte Sarah ihre Tochter normalerweise nur, wenn sie etwas ausgefressen hatte. Maddie versuchte, sich nicht anmerken zu lassen, wie sehr ihr die Anrede missfiel.

Lord Layton nickte und schenkte sowohl Sarah als auch Maddie Milch ein und fügte bei Maddie noch Zucker hinzu. „Ist es so recht?"

Sarah und Maddie nickten. „Ja, danke", antwortete Maddie dieses Mal, um nicht unhöflich zu wirken.

„Wie ich in unserer Korrespondenz schon erläuterte", nahm Lord Layton das Gespräch auf, „benötige ich vor allem eine Hauslehrerin für meinen Neffen. Diese Aufgabe würde in einem gewissen Grad auch Tätigkeiten einer Haushälterin mit einbeziehen. Bisher hat Barns all das erledigt und für mich reichte dies durchaus aus. Aber seit mein Neffe hier wohnt, befürchte ich, dass, wie soll ich sagen, Aufgaben hinzukommen, die ein Junggeselle wie ich nicht im Blick hat und Barns nicht in dem Maße erfüllen kann, wie es nötig wäre. Weder er noch ich haben mit Kindern Erfahrung und so bin ich froh, dass nun Sie sich dieser Aufgabe widmen."

Sarah lächelte und nickte. „Das werde ich sehr gerne tun. Sie schrieben, Ihr Neffe sei dreizehn? Somit ist er zwei Jahre älter als Madison."

Madison. Wieder dieser Name. Wer war diese Madison? Oder machte Maddie fortwährend etwas falsch, sodass ihre Mutter sie ständig zurechtweisen musste. Saß sie nicht gerade genug? Wirkte sie nicht ausreichend gesittet? Lord Layton schien nichts zu beanstanden zu haben. Mehr noch. Bis auf das Einschenken des Tees, des Zuckers und der Milch beachtete Lord Layton Maddie nicht mehr und sah stetig Sarah an.

„Sean ist im letzten Jahr zu mir gekommen", erklärte Lord Layton. „Er bekam schon in seinem alten Heim Privatunterricht von seiner Mutter. Vielleicht werde ich es erwägen, ihn später einmal auf eine Schule zu schicken, aber im Augenblick denke ich, dass Unterweisungen zu Hause das Beste sind."

Sarah nickte. „Beides hat etwas für sich. Ist Sean denn zugegen?"

Ein kurzes Lächeln umspielte Lord Laytons Mundwinkel, bevor er unbeeindruckt fortfuhr. „Sean ist immer zugegen. Jedoch gelten seine Interessen nicht wirklich dem Anstand und der Etikette. Er ist ein Freigeist, möchte man sagen, was ich ihm bisher noch zubilligte. Nun aber erhoffe ich mir durch Ihre Anwesenheit, dass seine Aufmerksamkeit auf die wichtigen Dinge des Lebens gelenkt wird."

Sarah lächelte. Doch bevor sie antworten konnten, erschütterte ein kräftiges Ruckeln das Haus, was nicht nur die Tassen klirren ließ. Maddie sah sich um und erwartete, dass irgendetwas zu Bruch ging. Aber wie durch ein Wunder verschoben sich die verschiedenen Dinge nur leicht, blieben aber sonst außer Gefahr. Dies hörte sich draußen schon anders an. Von der Straße erklangen Schreie, als sei plötzlich das Chaos ausgebrochen. Dann war das Beben auch schon vorbei.

Lord Layton blieb sitzen, aber sein Gesicht zeigte Besorgnis, welche sich auch auf Sarahs Gesicht abzeichnete. „Dann ist es also wahr", stellte sie fest. „Ich dachte, diese Beben gibt es nur auf dem Lande. Dass es sie auch in London gibt, ist sehr beunruhigend."

Lord Layton nickte leicht. „Das ist es in der Tat, auch wenn es erst das dritte dieser Art war. Die Meldungen scheinen jedoch mittlerweile von überall her einzutreffen, als sei das gesamte Empire betroffen. Ich hoffe, es beunruhigt Sie nicht allzu sehr. Ich kann Ihnen versichern, diese Mauern sind solide gebaut worden. Neben dem Palast eines der sichersten Gebäude der Stadt. Ich fände es betrüblich, wenn diese durchaus beunruhigenden Szenarien Sie Ihre Entscheidung, diese Anstellung anzunehmen, bereuen ließe."

Wieder lächelte Sarah und Maddie bewunderte ihre Mutter dafür, wie scheinbar leicht es ihr fiel, ihre wirklich vorhandene Beunruhigung zu überspielen.

„Lord Layton, lassen Sie mich Ihnen versichern, dass ich nicht vorhabe, diese Anstellung wegen einem hin und wieder auftretenden kleinen Beben aufzugeben. Diese gab es auch dort, von wo wir herkommen. Wie Sie schon sagten: Es ist ein Phänomen, das man überall beobachtet. Wo wären meine Tochter und ich also besser aufgehoben, als in einem der sichersten Häuser in ganz London, vielleicht sogar von ganz England?"

Nun konnte Lord Layton sich ein Lächeln nicht verkneifen. „Lady St. Jones, Sie sind wahrlich eine beeindruckende Frau. Die letzten Haushälterinnen sind geflohen."

Sarah lächelte bescheiden. „Schon mein Vater pflegte meine Geschwister und mich mit auf seine Expeditionen und Ausgrabungen mitzunehmen. Mir ist das raue Leben weitab der Zivilisation nicht fremd. Ich war mir nie dafür zu schade, nicht nur die Arbeit einer Frau, sondern auch die eines Mannes zu übernehmen. Bei Ausgrabungen braucht man jedes zur Verfügung stehende Paar Hände. Und bei Expeditionen darf man nicht zimperlich sein. Dies waren wohl auch die Eigenschaften, die mein späterer Mann an mir schätzte."

Lord Layton lächelte erneut. „Und wahrscheinlich nicht nur diese."

Plötzlich wurde die Tür aufgerissen und ein Junge kam in den Raum gerannt. Er trug nur eine Hose und ein Hemd, das an einer Stelle gerissen war und deutliche

Schmutzspuren aufwies. Maddies erste Vermutung war, dass es sich um einen Straßenjungen handelte, der auf irgendeine Weise in das Haus eingedrungen war. Aber schon im nächsten Moment wurde klar, wie falsch sie lag.

„Onkel! Hast du das bemerkt?", rief der Junge, bei dem es sich offensichtlich um diesen geheimnisvollen Sean handelte, aufgeregt. „Dieses Beben war stärker als das Letzte. Bei einigen Kutschen gingen die Pferde durch und Mister Sanders raste mit seinem Äthermobil in sein eigenes Haus. Es ist vollkommen hin und er blutete sogar an der Stirn."

Lord Layton erhob sich und atmete tief durch. „Dies hier, meine verehrten Ladys, ist mein Neffe Sean Patrick Flanary. Und wie Sie sehen, Lady St. Jones, lässt sich unschwer erkennen, worin Ihre Arbeit bestehen wird, um die ich Sie nicht beneide und Ihnen wahrscheinlich auch nicht genug bezahle."

Sarah lächelte gewinnend. „Nun, wenn dem so ist, dann werde ich es Sie wissen lassen und Sie erhöhen entsprechend mein Gehalt."

„Sean", wendete sich Lord Layton an seinen Neffen, „dies sind Lady Sarah St. Jones, deine neue Hauslehrerin, und ihre Tochter Lady Madison St. Jones."

Nun hielt es Maddie nicht mehr länger aus. Wenn sie nicht jetzt etwas unternahm, dann würde sie noch überall als Madison bekannt werden. Dann müsste sie ständig das Gefühl haben, etwas falsch gemacht zu haben, sobald sie ihren Namen hörte.

„Maddie, bitte", brachte sie fast schüchtern hervor und wagte es nicht, ihre Mutter anzusehen.

Lord Layton blickte sich zu ihr um. „Entschuldigen Sie? Was haben Sie gesagt?"

Maddie räusperte sich. „Mein Name ist Maddie. Niemand nennt mich Madison. Außer, wenn ich etwas angestellt habe."

Lord Layton zog seine rechte Augenbraue hoch. „Angestellt? Interessant. Maddie also. Ungewöhnlich. Aber wie der kleinen Lady beliebt."

Lord Laytons Neffe stellte sich von einem Augenblick auf den anderen in vorbildlicher Position hin. Nur seine sehr mitgenommene Kleidung ließ noch Zweifel daran, dass er von gehobenem Stand war. „Lady Sarah, Lady Maddie, es ist mir eine ausgesprochene Freude. Mit Spannung erwartete ich Euer Kommen und sehe nun freudig all den Dingen entgegen, die Ihr mir beibringen werdet.‟

Maddie musste ein Grinsen unterdrücken. Den Spott in Seans Stimme hatte sie sehr wohl gehört. Mit einem schelmischen Glitzern in den Augen sah sie Sean an, der auch kurz zu ihr blickte und ebenso ein solches Glitzern in den Augen hatte. Seine hellbraunen Haare hatten eine für seinen Stand unübliche Länge, sodass sie ihm immer wieder vor das Gesicht und seine blauen Augen fielen.

Lord Layton nickte. „Nun, ich hoffe, die Anwesenheit von zwei Ladys wird sich auf dein Verhalten auswirken.‟

„Durchaus, Onkel. So wird es sicher sein.‟ Sean verbeugte sich leicht.

„Sean. Misses Barns wird in Kürze das Abendessen bereitstellen. Bitte zeige bis dahin den verehrten Ladys Ihre Zimmer und suche dann dein eigenes auf, um dich umzukleiden.‟

Wieder verbeugte sich Sean. „Das werde ich natürlich gerne tun, Onkel. Würden mir die Ladys bitte folgen?"

Man konnte Lord Layton ansehen, dass er etwas sagen wollte, aber Sarah kam ihm zuvor.

„Danke Mister Sean. Sehr freundlich von Ihnen. Wenn Sie sich umgezogen haben, bringen Sie mir doch Ihre Kleidung. Ich bin sicher, dass ich sie wieder herrichten kann."

„Das ist nicht nötig", wendete Lord Layton ein. „Wir müssen für Sean regelmäßig neue Kleidung besorgen."

Sarah lächelte, stand auf und faltete die Hände. „Lord Layton, Sie mögen vermögend sein und daher kein Problem damit haben, ständig neue Kleidung für Mister Sean zu besorgen. Sie sind aber auch mein Arbeitgeber und ich bin nicht vermögend. Und da Sie mein Gehalt zahlen und sich dieses in Zukunft höchstwahrscheinlich erhöhen mag, muss ich darauf achten, dass Sie vermögend bleiben."

Lord Layton lächelte und nickte. „Ladys, ich bitte Sie darum, mich empfehlen zu dürfen. Dieses Haus mag auf starken Mauern gebaut worden sein, trotzdem ist es mir wohler, wenn ich es eingehend überprüfe. Wir sehen uns dann hoffentlich beim Abendessen wieder. Misses Barns ist eine hervorragende Köchin."

Damit nickte er Maddie und ihrer Mutter kurz zu, schloss sein Jackett und verließ den Raum.

Nun war es an Sean, durchzuatmen. „Bitte rechnen Sie nicht damit, ihn heute noch einmal zu sehen. Für gewöhnlich verschwindet er auf geheimnisvolle Weise und taucht auf ebenso geheimnisvolle Weise wieder auf. Ich habe bisher nicht herausgefunden, wohin er verschwindet."

Bevor Maddie etwas dazu fragen konnte, drehte sich Sean schon wieder um und verließ das Zimmer.

Während sie ihm folgten, bemerkte Maddie, wie groß das Haus tatsächlich war. Zu gerne hätte sie es erforscht, aber ein Blick von ihrer Mutter Sarah genügte, um sie diesen Gedanken beiseite schieben zu lassen. Vorläufig.

Sean führte sie in den dritten Stock, was zu Maddies Überraschung nicht das Dachgeschoss war und ebenso geräumig erschien wie die unteren Stockwerke. Dort öffnete er eine Tür und ließ ihnen den Vortritt. Maddie konnte es nicht glauben, wie groß der Raum war, der sich dahinter befand. Es war gar kein Raum, es war eine vollständig eingerichtete Wohnung.

Maddie blickte in eines der Zimmer, offensichtlich das Schlafzimmer, denn darin stand ein großes Bett.

„Darin werden wir beide genügend Platz haben", stellte Maddie fest und Sarah nickte lächelnd.

Sean blickte die beiden verständnislos an. Dann ging er zu einer weiteren Tür und öffnete diese. Dahinter kam ein weiteres Schlafzimmer zum Vorschein.

Maddie konnte es nicht fassen. Es war sehr lange her gewesen, dass sie ein eigenes Bett gehabt hatte, geschweige denn ein eigenes Zimmer. Aber es war alles vorhanden. Bett, Kommode, Schrank, Schreibtisch, Stuhl, alles da. Dazu ein großes Fenster, durch das sie glaubte, ganz London sehen zu können. Es war ein Traum.

Auf dem Dach

Sean hatte Recht gehabt. Lord Layton begleitete sie nicht zum Abendessen und auch später erschien er nicht im Wohnzimmer. Dort empfahl sich auch Sean und verschwand. Maddie sah ihm nach und als ihre Mutter meinte, sie sollten ihre Sachen ausräumen, nutzte Maddie die Gelegenheit, um sich aus ihrer Wohnung zu schleichen. Wohnung. Unglaublich. Wie groß war dieses Haus? Und was verbarg sich in all den Räumen?

In Eden Borrows und in Greendale sollte es in den Mauern Geheimgänge geben, ebenso Geheimzimmer, aber Maddie hatte niemals etwas Derartiges entdeckt. Schließlich war Maddie einfach davon ausgegangen, dass Geschichten über Geheimgänge oftmals einfach Geschichten waren. Dieses Haus aber war für sie voller geheimer Zimmer, da sie noch keines von ihnen erforscht hatte.

Maddie schlich durch die Gänge und blickte hinter jede Tür. Ein Raum nach dem anderen lag im Dunkeln und erschien äußerst geheimnisvoll. Doch in keinem davon befand sich Lord Layton oder Sean.

Schließlich führte ihr Weg Maddie immer höher über die Treppen und schließlich eine Leiter hinauf auf den Speicher, der sich über das ganze Dach zu erstrecken schien. Allerlei Objekte standen rechts und links mit Laken verhangen und nur zu gerne hätte Maddie darunter geblickt.

Was sie jedoch viel mehr anzog, war die Tür am Ende des Ganges, die nur angelehnt war. Irgendwer musste sie offengelassen haben - war es Sean oder Lord Layton gewesen?

Vorsichtig trat sie an die Tür heran und spähte hindurch. Durch den Spalt erkannte sie, dass die Tür zum Dach hinausführte, niemand war dort zu sehen.

Weiterhin vorsichtig trat Maddie auf das Dach hinaus und blickte sich um. Sie befand sich nicht nur auf dem Dach des Hauses, dieses war auch mit denen der anderen Häuser verbunden. Man konnte tatsächlich über die Dächer von einem Haus zum anderen gelangen. Ganz London ließ sich damit sicher nicht überqueren, aber es wirkte auf Maddie wie eine andere Welt, in der London ihr zu Füßen lag.

Maddie bestaunte den Anblick der nächtlichen Stadt, die sich rings um sie herum erstreckte. Über allem lag ein grünlicher Schimmer der Ätherlaternen, die in der gesamten Stadt verteilt waren. Einst wurden sie nur mit Gas versorgt, aber jetzt mischte man ihnen noch Äther hinzu, sodass sie nicht nur länger brannten, sondern auch dieses grünliche Leuchten von sich gaben. Es war magisch.

Aber noch wunderbarer waren die Luftschiffe, die über der Stadt schwebten. Am Tage waren sie noch zahlreicher gewesen, sodass Maddie ihre Aufmerksamkeit kaum einem Einzelnen schenken konnte. Dies war jetzt anders, denn es waren nur noch wenige und in Maddies Augen die Schönsten, die sie jemals erblickt hatte.

Natürlich hatte sie schon Luftschiffe gesehen. Selbst auf dem Lande, wo sie so lange gelebt hatte, gab es sie. Die Möglichkeiten des Äthers waren schon weit vor ihrer Geburt entdeckt worden und ein jeder versuchte sich an dessen Verwendung. Schnell erschienen die ersten

Luftschiffe am Himmel und noch heute wurden immer weitere gebaut. Jeder, der etwas auf sich hielt, musste eines besitzen. Und hier in London, wo sich scheinbar der Adel und die besser Betuchten trafen, gab es dementsprechend viele.

Maddie erkannte umgebaute Schiffe, die einst sicherlich die Ozeane befahren hatten. Einfache Kutter, die noch vor Jahren ihre Netze im hohen Wellengang auswerfen mussten und nun über dem Wasser schweben konnten. Aber auch luxuriöse Jachten, die den Besitzern nur als amüsante Zeitvertreibe am Wochenende dienten. Doch es gab auch Luftschiffe, die direkt für die Fahrt durch die Lüfte konstruiert worden waren. Größe und Form waren dabei sehr individuell, als ginge es alleine um das unverkennbare Aussehen und nicht um Geschwindigkeit.

Maddie stutzte. Irgendwie schienen die Luftschiffe einfach zu schweben und sich nicht von ihren Positionen wegzubewegen. Mehr noch. Sie schienen sich vor einem bestimmten Punkt zu formieren und alle in dieselbe Richtung ausgerichtet zu sein. Immer mehr Luftschiffe stiegen in den Himmel empor und reihten sich zwischen den anderen ein.

Maddie sah sich um, dann kletterte sie an den Dächern weiter hinauf. Dabei achtete sie nicht auf den Schmutz und schon gar nicht auf die Gefahr, in die sie sich brachte. Wenn sie hier abrutschte, würde sie auf direktem Wege über den Rand sausen und in die Tiefe stürzen. Das war Maddie jedoch egal. In Eden Borrows war sie oft auf den Dächern herumgeklettert und ihr war nie etwas passiert. Charles hatte nicht so viel Glück gehabt und wäre beinahe einmal abgestürzt. Nur mit Mühe hatte Maddie ihn retten können, weswegen Charles sich schwor, nie wieder auf etwas zu klettern, was höher als ein Stuhl war.

Maddie betrachtete das Schauspiel und musste lächeln. Was auch immer dort vor sich ging, es war wunderschön.

„Es gehört sich nicht für eine Lady, sich auf dem Dach herumzutreiben", hörte sie plötzlich Seans Stimme.

Erschrocken blickte sie sich um und sah in Seans grinsendes Gesicht, als er hinter einem Schornstein hervorkam.

Maddie funkelte ihn an. „Vielleicht nicht für eine Lady, wie du sie kennst. Eine solche Lady bin ich nicht."

Sean nickte. „Ich dachte, du bist eine Lady. Aber sehr ladylike bist du ja nicht gerade. Das wurde mir klar, als du darauf bestandest, Maddie genannt zu werden."

„Ich bin ja auch eine Lady, so wie meine Mutter. Und mein Vater ist ein Lord. Lord von Greendale."

Sean nickte.

„Und warum seid ihr nicht dort?"

Maddie zuckte mit den Schultern. „Greendale gehört uns nicht mehr. Wir mussten es verkaufen, um die Schulden zu bezahlen."

„Die Ätherkrise?"

Maddie wirkte irritiert. „Nein. Wie kommst du denn da drauf?"

Sean zuckte mit den Schultern. „Viele wohlhabende Familien haben eine Menge Geld verloren, als sie in die neuen Äther-Errungenschaften investierten. Jeder glaubt ja, die große, neue Erfindung gemacht zu haben."

„Ist das deiner Familie passiert? Bist du deswegen hier?"

„Nein. Meine Eltern starben bei einem Unfall im letzten Jahr. Seitdem bin ich bei meinem Onkel."

Maddies Blick trübte sich. „Das tut mir leid."

Sean schüttelte leicht den Kopf und sah in die Ferne. „Das muss es nicht. Und was meinen Onkel betrifft: Ich glaube, es war ihm nicht ganz recht, dass meine Eltern es wollten, dass ich zu ihm komme. Aber er ist ein guter Mann. Eigentlich ist er nicht mein richtiger Onkel, sondern mein Pate. Er und mein Vater standen sich wohl sehr nahe."

Maddie nickte und sah dann wieder über die Stadt. „Mein Vater ist Entdecker. Er glaubte, in Südamerika ein neues Äthervorkommen gefunden zu haben und finanzierte mit einigen anderen eine große Expedition dorthin. Sie kauften extra Luftschiffe dafür, um so den entlegenen Ort besser erreichen zu können. Aber die Expedition geriet in einen Sturm und einige Luftschiffe stürzten ab. Seitdem haben wir nichts mehr von ihm gehört."

Maddie zuckte mit den Schultern. „Um sich an der Expedition zu beteiligen, hatte er Schulden gemacht. Und als die Expedition scheiterte, musste meine Mutter Greendale verkaufen. Zum Glück ging es an einen netten Mann, der versprach, dass wir es zurückkaufen könnten. Aber das ist jetzt schon fünf Jahre her."

Sean nickte. „Von der Expedition habe ich gehört. Bisher hat es auch keiner gewagt, sich noch einmal dorthin zu begeben. Die Königin hat es sogar verboten." Er hielt kurz inne, bevor er weitersprach. „Und deine Mutter unterrichtet seitdem? Und du bist bei ihr?"

„Ja. Sie ist Haushälterin und Lehrerin. Wir waren bisher in vier Häusern, wo sie sich um alles kümmerte."

Sean zog die Augenbrauen hoch.

„Vier? Und warum seid ihr nicht in einem geblieben?"

Maddie zögerte. Sie wusste nicht recht, wie sie darauf antworten sollte. „Sagen wir, es wurden Fehler gemacht."

Sean lachte. „Kann's kaum erwarten, dass du mir davon berichtest."

Maddie lachte auf. „Da kannst du lange warten."

Sean nickte lächelnd, dann sah er wieder über die Stadt zu den formierten Luftschiffen.

„Was ist hier eigentlich los?", wollte Maddie wissen. „Es sieht so aus, als würden sie alle auf etwas warten."

Sean nickte. „Das tun sie auch. Und zwar auf das da."

Damit zeigte er auf eine freie Fläche. Zuerst konnte Maddie nichts sehen. Doch dann erkannte sie, dass sich etwas in die Lüfte erhob. Etwas Riesiges, das wie eine gigantische, dicke, silbern glänzende Zigarre geformt zu sein schien. Maddie traute ihren Augen nicht, als sich das Gebilde mehr und mehr in den Himmel erhob.

„Da ist sie", meinte Sean mit deutlicher Bewunderung in der Stimme. „Die Reichenfall. Das größte jemals gebaute Luftschiff. Es besitzt fünfzig Kabinen. Davon allein dreißig Doppelkabinen, die allesamt einen eigenen Waschraum haben. Und der Speisesaal ist teilweise verglast, sodass man beim Essen hinausblicken kann."

Maddie beobachtete, wie sich der gewaltige zylinderförmige Körper des Luftschiffes langsam in den Abendhimmel von London erhob. Obwohl es sich in weiter Entfernung befand, wirkte es noch immer gigantisch.

Seans Miene zeigte Begeisterung wie auch Sorge. „Es heißt, die Deutschen wollen uns mit der Präsentation nur zeigen, wozu sie in der Lage sind. Eine Machtdemonstration, die uns einschüchtern soll. Daran konnte sie selbst das heutige Erdbeben nicht hindern."

Maddie lachte. „Das Empire lässt sich nicht einschüchtern und Königin Victoria schon gar nicht."

„Ja. Aber wer weiß. In letzter Zeit passieren merkwürdige Dinge. Eine Krankheit geht um, in den Kolonien, aber auch hier. Dann all diese Beben, hier und im ganzen Empire. Unter vorgehaltener Hand gibt man der Königin die Schuld."

Maddie war verwirrt. „Der Königin? Aber warum?"

Sean zuckte mit den Schultern. „Das weiß ich nicht genau. Ich habe meinen Onkel nur darüber reden hören. Er erscheint mir da sehr besorgt."

Maddie nickte verstehend. „Was macht dein Onkel eigentlich? Ich meine, womit verdient er sein Geld?"

Sean lachte. „Er meint, er sei einfach reich. Ich weiß nicht, woher sein Geld stammt. Familienerbe würde ich sagen. Ich habe auch in meiner Zeit hier keine Verwandten oder so kennengelernt. Er fährt immer mal wieder auf einen Landsitz, aber er hat mich bisher nie mitgenommen. Und sonst besucht er wohl das House of Lords und hält sich vor allem in seinem Studierzimmer auf. Im Grunde ist er ein sehr langweiliger Mann."

Sean zuckte wieder mit den Schultern. „Mir geht nur etwas nicht aus dem Kopf, was mein Vater gesagt hat. Er meinte immer, dass in meinem Paten mehr stecken würde, als man sehen könnte. Ich bin jetzt schon einige Zeit hier, aber etwas, was zur Erklärung beitragen könnte, habe ich nicht gefunden."

Maddie grinste. „Vielleicht bist du nicht gut im Suchen. Du hast mich ja auch für eine gewöhnliche Lady gehalten."

Sean lachte. „Das ist wahr. Und ich bin sicher, dass in dir auch noch mehr steckt, als ich jetzt sehen kann."

„Das trifft sicher auch auf Sie zu, Mister Flanary."

„Durchaus, Lady St. Jones, durchaus."

Beide sahen wieder zu dem gewaltigen Luftschiff, das sich immer höher erhob, um sich schließlich in die Richtung der deutlich kleineren Luftschiffe zu drehen. Dann flog es langsam auf diese zu wie ein bedrohlich näherkommender Schatten.

„Faszinierend. Und beängstigend", stellte Maddie fest.

„Allerdings", bestätigte Sean. Dann blickte er sich um und sein Ausdruck wurde mit einem Mal ernst.

„Schnell. Verstecken. Aber leise", war seine kurze Anweisung, der Maddie sofort nachkam. Beide begaben sich zu dem Schornstein, hinter dem sich Sean schon eben versteckt hatte.

Zunächst verstand Maddie nicht den Grund für seine Anweisung. Doch dann erkannte sie plötzlich ein paar dunkel gekleidete Gestalten, die sich dem Dach des Hauses näherten. Schließlich traten sie zur Tür und gingen hinein. Maddie verschlug es den Atem.

Die Entführung

„Sind das Einbrecher?", äußerte Maddie ihre Befürchtungen.

Sean schüttelte den Kopf. „Sehr ungewöhnliche Einbrecher. Hast du gesehen, wie sie gekleidet waren? Maßanzüge. Und alle gleich aussehend."

„Vielleicht eine Geheimorganisation. Davon soll es ja in London viele geben."

Sean nickte. „Das stimmt. Aber was wollen die dann hier?"

Maddie schüttelte den Kopf. Ihr Herz schlug ihr bis zum Hals. Was wollten die Männer? Wer waren sie?

Maddie konnte nur daran denken, dass sich ihre Mutter im Haus befand. Und ihrem Wissen nach war sie alleine, da Lord Layton nicht da war.

„Wir müssen etwas tun", stellte sie schließlich fest.

„Und was?"

Bevor sie etwas sagen konnte, verschlug es ihr die Sprache. Ein Luftschiff senkte sich fast lautlos auf das Dach herab. Es sah aus wie eine Miniaturausgabe der Reichenfall. Die sich unter dem zylinderförmigen Gebilde befindende Kabine passte problemlos auf das flache Dach des Hauses und kam genau vor der Tür zum Stehen. Das Luftschiff war so dunkel, dass man es kaum sehen konnte und es war zudem sehr leise.

Als sich die Kabinentür öffnete, traten weitere Männer heraus, allesamt in der gleichen dunklen Kleidung, sodass man sie vor dem ebenso dunklen Luftschiff nur schwer erkennen konnte.

„Wer sind die bloß?" Maddie konnte sich auf die Geschehnisse keinen Reim machen. So etwas war in Eden Borrows nie passiert.

„Vielleicht Deutsche", spekulierte Sean.

Deutsche? Was wollten denn die Deutschen im Haus eines einfachen Lords.

Bevor sie sich weiter Gedanken machen konnten, kamen die Männer wieder zum Vorschein, die ins Haus gegangen waren. Zu Maddies großem Schreck waren sie nicht alleine. Mit ihnen kamen Lord Layton… und ihre Mutter hinaus. Die Männer drängten sie beide zum Luftschiff.

„Nein!", schrie Maddie und lief zu ihrer Mutter.

„Maddie!", rief diese. „Lauf weg! Schnell!"

Maddie bremste in ihrem Lauf ab und sah ihre Mutter entsetzt an. Dann drehte sich um und wollte losrennen, hielt aber abrupt wieder an.

Bei Sean stand ein ebenfalls in schwarz gekleideter Mann und lächelte.

„Ich fürchte, ich muss darauf bestehen, dass ihr mitkommt."

Damit schob er Sean vor sich her und verfuhr dann ebenso mit Maddie.

Als sie bei ihrer Mutter ankamen, nahm Sarah ihre Tochter in die Arme. Dann streckte sie ihren Arm aus und streichelte Sean über das Gesicht.

„Alles in Ordnung mit euch?", wollte Sarah wissen und beide Kinder nickten.

„Das ist nicht nötig", wandte sich Lord Layton an den scheinbaren Anführer der Männer.

„Im Gegenteil, Lord Layton", widersprach der Mann ihm. „Die Anweisungen sind deutlich."

Lord Laytons Augen blitzen, aber nur für einen Moment. Dann wandte er sich an Sarah.

„Ich bedauere dies alles sehr. Schon bald wird sich alles aufklären. Für den Moment möchte ich Sie bitten, diesen Männern Folge zu leisten."

Sarah sah den Anführer an. Ihre Augen waren voller Zorn. „Warum sollte ich das bei einer Kindesentführung tun?"

Der Anführer lächelte. Dann holte er etwas aus seiner Tasche hervor und zeigte es Sarah und den Kindern. Maddie hörte deutlich, wie ihre Mutter tief einatmete und erst einmal nicht wieder ausatmete. Auch Maddie vergaß zu atmen.

Das, was der Mann in der Hand hielt, hatte sie noch nie gesehen. Aber was es bedeutete, wusste sie genau. So unglaublich es auch war.

Im Palast

Während des Fluges sprach niemand. Umrahmt von den Männern im Schwarz saß Maddie mit den anderen da, während ihre Mutter ihre Hand hielt.

Das Luftschiff glitt fast lautlos dahin. Dabei hielt es sich stets knapp über den Dächern, sodass es niemand sehen würde, schon gar nicht, weil alle Augen Londons auf die Reichenfall gerichtet waren.

Und dann hatten sie ihr Ziel erreicht, so unwahrscheinlich dieses auch sein mochte: Buckingham Palace. Der Wohnsitz der Königin von England und des gesamten Empires, welches sich über die ganze Welt erstreckte.

Das Luftschiff landete auf einer kleinen Lichtung im Park des Palastes und alle stiegen aus. Wie selbstverständlich folgten Maddie und die anderen den Männern in Schwarz. Eigentlich hätten sie die Eskorte nicht mehr gebraucht, denn nachdem, was der Anführer ihnen gezeigt hatte, wären sie überall hin gegangen.

Maddie hatte das ovale Objekt sofort erkannt oder vielmehr das, was es darstellte. Es war das goldene Siegel der Königin von England. So etwas hatte man nur, wenn man ihr direkt unterwiesen war. Wer auch immer diese Männer waren, sie handelten auf direkten Befehl der Königin und nur auf ihren.

Maddie verstand zwar nicht, was hier gerade geschah, aber sie verstand sehr wohl, dass es bedeutsam war. Und sie war sehr darauf gespannt zu erfahren, worum es ging.

Die Männer in Schwarz führten sie in ein Gebäude, dessen Inneres noch prachtvoller war, als sie es sich je hätte vorstellen können. Die riesigen Gemälde an den Wänden, das verzierte hölzerne Parkett zu ihren Füßen, die Möbel, der riesige Kamin, in dem ein Feuer brannte.

Maddie erkannte, dass neben dem Kamin eine weitere Gestalt stand, ebenfalls schwarz. Nur dass diese keine schwarze Kleidung trug, sondern seine Haut, die von seinem hellbraunen Anzug nicht bedeckt wurde, schwarz war. Die Haut des Mannes war von einem tiefen Schwarz und der Blick, mit dem er Lord Layton bedachte, noch dunkler.

Lord Layton hob beschwichtigend die Hände. „Mala, ich weiß auch nicht, was hier vor sich geht."

Das schien den Mann, dessen Kopf vollkommen kahlgeschoren war, nicht zu beruhigen. „Sie kamen in unser Haus und haben gesagt, dass ich mitkommen muss. Befehl meiner Königin. Ich habe keine Königin."

Lord Layton räusperte sich. „Das solltest du nicht so laut sagen." Dann wandte sich Lord Layton an Sarah, Maddie und Sean. „Ladys St. Jones, erlauben Sie mir Prinz Malambuku vorzustellen. Er ist mein…"

Die Augen des schwarzen Mannes blitzen. „Mein Diener? Mein Gefangener?"

Lord Layton schüttelte verlegen den Kopf. „Natürlich nichts dergleichen. Dies ist mein Freund Prinz Malambuku, genannt Mala."

„Freund? Bringt man einen Freund ständig in Schwierigkeiten und in Lebensgefahr?"

Lord Layton räusperte sich. „Ständig finde ich etwas übertrieben."

Malas Augen öffneten sich weit. „Übertrieben? Was war, als die Batussis uns lebendig fressen wollten, weil du ihnen vorgemacht hast, du seist ein Gott? Und in Paris, wo du unbedingt in den Louvre einbrechen musstest? Und erinnerst du dich noch an die Affenstadt? Wo du mich als Köder benutzt hast?"

Lord Layton schien verlegen. „Und wir haben es immer wieder überlebt."

„Das war nicht dein Verdienst."

Maddie sah ungläubig zwischen Lord Layton und Mala hin und her. Dann blickte sie auf Sean, der seinen Onkel ansah, als könnte er noch weniger glauben, worüber da gesprochen wurde. Es hörte sich alles nach großen Abenteuern an, voller Aufregung, Spannung und Lebensgefahr. Das passte gar nicht zu dem so langweilig erscheinenden Leben, das Lord Layton angeblich führte.

Wie so oft war es Sarah, die den Bann brach. Sie ging auf Mala zu und vollführte einen formvollendeten Knicks. „Prinz Malambuku, es ist mir eine besondere Ehre, Sie kennenzulernen."

Mala sah Lord Layton noch einmal böse an, dann änderte sich sein Gesichtsausdruck vollkommen und wurde viel weicher. Er verneigte sich vor Sarah. „Lady St. Jones, die Ehre gebührt mir. Und bitte nennt mich Mala. Ein Prinz bin ich schon lange nicht mehr.“

Maddie trat neben ihre Mutter und vollführte ebenfalls einen Knicks, wenn auch nicht ganz so perfekt. Mala lächelte und verbeugte sich wieder.

„Und hier die kleine Lady St. Jones.“

Als Mala Sean anblickte, verneigte sich dieser, schien jedoch noch immer nicht recht zu wissen, was er von der Situation halten sollte. Er sah wieder zu seinem Onkel, dann zu Mala.

„Du bringst ihn immer wieder in Lebensgefahr?“, wollte er wissen.

Lord Layton schüttelte den Kopf. „Im Grunde ist es sogar so, dass ich ihm sein Leben gerettet habe.“

Mala verdrehte die Augen. „Um es seitdem fortlaufend in Gefahr zu bringen. Und nun bin ich hier. Im Palast der Königin.“

„Das ist nicht meine Schuld", versicherte Lord Layton erneut.

„Nein", ertönte plötzlich eine Stimme, wie sie Maddie noch nie gehört hatte, „das ist wohl meine, verehrter Mala."

Und damit trat eine Gestalt hervor, die Maddie noch weniger erwartete hatte. Vor Erstaunen konnte sie nicht verhindern, dass ihr der Mund offenstand.

Zu ihnen trat lächelnd ein kleiner Affe, ein Kapuziner, mit dunklem Gesicht. Er war etwas über einen halben Meter groß, ging auf zwei Beinen und trug einen maßgeschneiderten braunen Anzug samt Weste und roter Fliege, jedoch keine Schuhe. Maddie erkannte einen buschigen Schwanz, der hinten aus seinem Anzug herausragte und ebenso lang zu sein schien wie der Affe selbst.

Der Affe trat vor Maddie und Sarah und verbeugte sich förmlich. Sarah, die sich scheinbar nicht so leicht aus der Fassung bringen ließ, knickste erneut. Maddie machte es ihr einfach nach, die Augen weiterhin auf den Affen gerichtet.

„Professor Albert Hieronymus Ignazio Higgins, stets zu Ihren Diensten, Teuerste", meinte das Äffchen und verbeugte sich erneut vorbildlich.

Maddie starrte ihn an, als könne sie nicht glauben, was da vor ihr stand. „Sie sind ein Affe."

Professor Higgins nickte.

„So könnte man sagen. Ich bevorzuge allerdings Higgins oder Professor, wenn es beliebt."

„Aber Sie sind ein Affe. Ein sprechender Affe. Affen können nicht sprechen."

Higgins schüttelte enttäuscht den Kopf. „Da sieht man wieder einmal, wie wichtig eine solide Schulbildung ist. Kein Vorstellungsvermögen." Er atmete tief durch, bevor er fortfuhr. „Wir leben im Zeitalter des Äthers. Alles ist möglich, meine Teuerste. Ich meine, ich musste mich auch damit abfinden, dass Menschen sprechen können. Jedenfalls auf ihre ganz eigene primitive Weise."

Maddie zog die Augenbrauen zusammen. „Aber Menschen können doch sprechen."

Higgins lachte kurz auf. „Das trifft wohl hier durchaus zu, allerdings nicht dort, woher ich komme. Jedenfalls nicht unbedingt. Aber dies machen die Oberweltler mit ihrem Sinn für Kleidung wieder wett. Hier ist ihr Geschmack wahrlich superb."

Schließlich blickte Higgins zu Mala hoch, der ihn finster anblickte. „Was hast du getan?"

Higgins zuckte mit den Schultern. „Was ich tun musste. Es ging nicht anders, alter Knabe."

„Das ist wahr", vernahm Maddie eine weitere Stimme.

Königin Victoria

Maddie drehe sich um und was sie sah, war noch viel unglaublicher als der sprechende Affe. Im nächsten Moment erinnerte sie sich an die Etikette und vollführte den besten Knicks, den sie jemals gemacht hatte. Dabei blieb sie unten und wagte es nicht aufzublicken, so gerne sie es auch getan hätte.

Königin Victoria kam auf sie zu, begleitet von einem älteren Mann, der wohl ihr persönlicher Berater war. Das Kleid der Königin war so ausladend, dass er einige Schritte hinter ihr ging. Während sie emotionslos, fast abfällig auf die Anwesenden blickte, war das faltige Gesicht des Beraters viel freundlicher.

Die Königin blieb vor der Gruppe stehen, die es allesamt nicht wagten, die Köpfe zu heben.

„Erhebt Euch", befahl die Königin und alle folgten augenblicklich der Aufforderung.

„Lord Layton", wandte sie sich an den Lord, „wie schön, dass Ihr es einrichteten konntet, Uns zu besuchen."

Lord Layton verneigte sich erneut. „Es ist mir wie immer eine Ehre."

Die Königin nickte und wandte sich dann Mala zu. „Prinz Malambuku. Wir bedauern, dass man Sie hierherbringen lassen musste. Aber Euer Freund ließ Uns keine Wahl. Und die Sache ist zu dringend, als dass sie weiteren Aufschub zulassen würde. Euer Freund Lord Layton schien ja leider nicht dazu bereit zu sein, den Ernst der Lage so einzuschätzen, dass unverzügliches Handeln nötig ist."

Mala verbeugte sich vor der Königin. „Ja, er schätzt Gefahrenlagen oftmals fehlerhaft ein."

„Das mag sein. Und doch ist er einer Unserer besten Agenten. Sicherlich durch Eure Hilfe."

„Agent!", entfuhr es Maddie ungewollt und sofort legte sich der herablassende Blick der Königin auf sie. Maddie schluckte.

„Wer ist sie?", fragte die Königin mit einem Ton, der nichts Gutes erwarten ließ.

„Dies ist Lady Madison St. Jones, Eure Hoheit", antwortete der Berater. „Die Tochter der ebenfalls anwesenden Lady Sarah St. Jones und des bedauerlich verschwundenen Lord David St. Jones."

„Ah", meinte die Königin nur. „Und warum ist sie hier?"

Der Berater räusperte sich. „Sie hielt sich auf dem Dach auf, als man Lord Layton abholte. Da Lady St. Jones bei ihm war, war Lady Madison damit nicht einverstanden."

„Ah", damit wandte sich die Königin an Sarah. „Und warum wart Ihr bei Lord Layton?"

Sarah senkte den Kopf. „Männer drangen in das Haus ein und verlangten Lord Layton zu sprechen. Er glaubte mich wohl bedroht und kam hervor. Die Männer meinten, dass sie ihn mitnehmen würden. Ich verlangte, ihn zu begleiten."

Die Königin betrachtete Sarah einige Augenblicke. „Mutig von Euch." Dann wandte sie sich wieder Maddie zu. „Und sie war den Geschehnissen also zugegen und hat alles beobachtet? Eine Spionin also!" Die Königin zog eine Augenbraue hoch und bedachte Maddie mit einem strengen Blick. Maddie wusste nicht, was sie sagen sollte und machte erneut einen tiefen Knicks.

„Bernard, was machen Wir mit Spionen?"

Ohne zu zögern, antwortete der Berater. „Es ist allgemein üblich, sie in den Tower zu stecken, Eure Hoheit."

Die Königin schien enttäuscht „In den Tower? Keine Todesstrafe?"

„Nicht unbedingt, Eure Hoheit. Es käme auf die Schwere des Verbrechens an."

Die Königin nickte kurz. „Verstehe. Aber hier geht es immerhin um die Sicherheit des Landes. Das erscheint Uns ein sehr schweres Verbrechen zu sein."

„In der Tat, Eure Hoheit. Allerdings würde ich davon abraten, ein Kind in den Tower zu stecken."

Wieder erschien die Königin enttäuscht. „Warum dies?"

„Euer Ansehen könnte darunter leiden, Eure Hoheit", gab der Berater zu bedenken.

„Unser Ansehen? Wir glauben, dass man Uns sehr dankbar sein wird. Wir wissen, dort draußen sind so einige Mütter, die ihre Kinder nur zu gerne in den Tower stecken würden, darunter Wir selbst. Man würde Uns eher feiern."

Der Berater nickte kurz. „Das ist durchaus möglich, Eure Hoheit. Trotzdem rate ich davon ab."

Die Königin wirkte resigniert. „Na gut. So lassen Wir also Gnade walten."

Damit wandte sie sich Sean zu. „Mister Sean Patrick Flanary. Ein aparter Bursche, das müssen Wir schon zugeben. Auch Ihr wart Zeuge des Vorfalls? Saht Unsere Männer? Das geheime Luftschiff?" Die Königin atmete schwer durch. „Wir schätzen, Ihr ratet Uns, auch ihn nicht in den Tower zu stecken."

Der Berater nickte kurz. „So ist es, Eure Hoheit."

Die Königin wirkte erneut resigniert. „Wozu sind Wir Königin und Herrscherin über die halbe Welt, wenn Wir nicht einmal ein Kind in den Tower stecken dürfen?"

Damit wendete sie sich Lord Layton zu. „Und wozu schenken Wir Euch unser Vertrauen, wenn Ihr im

Augenblick der Not Unserem Ruf nicht folgt? Schon schlimm genug, dass Ihr einen Gegner der Krone verbergt."

Damit nickte sie Mala zu. „Bitte verzeiht uns. Aber wenn wir richtig informiert sind, solltet Ihr Uns übergeben werden und Lord Layton beschloss, dies nicht zu tun. Wir finden, er hat ganz Recht getan. Wir werden dies jedoch niemals öffentlich verlauten lassen."

Mala verneigte sich. „Ich verstehe."

Die Königin nickte. „Unser Dank, Prinz Malambuku." Dann wendete sie sich wieder Lord Layton zu. „Außerdem verstecktet Ihr Professor Higgins vor Uns, der wohl den schlausten Kopf des Empires darstellt, vielleicht sogar der Welt."

Higgins lächelte und verneigte sich. „Zu gütig, Eure Hoheit."

„Ihr glaubtet", fuhr die Königin fort, „dass der Professor besser bei Euch aufgehoben sei als bei Unserem Geheimdienst und im Dienst der Krone. Nun, auch diese Einschätzung teilten Wir und ließen Euch gewähren. Ihr botet sowohl Prinz Malambuku als auch

Professor Higgins Schutz in Eurem Haus, kümmertet Euch um Eure Mündel. Wir können besonders beim Letzteren verstehen, dass Ihr Euch aus dem aktiven Dienst zurückzogt. Aber die Lage ist ernst. Das gesamte Empire ist in Gefahr und so können Wir Euren Rückzug nicht dulden."

Die Steine der Macht

Lord Layton sah die Königin an, blickte ihr mitten in die Augen, dann verbeugte er sich leicht. Die Königin nickte, dann blickte sie kurz zu Higgins, der diese Geste sofort verstand. Er ging zu einer Wand und ließ eine große Weltkarte ausrollen.

„Seit einiger Zeit wird das Empire von mächtigen Erdbeben erschüttert. Dies ist nicht nur hier so, sondern es gibt Berichte aus allen Kolonien. Nicht nur Erdbeben, sondern merkwürdige Krankheiten, seltsame Vorkommnisse, groteske Tiere, monstergleich. Diese Berichte nehmen zu und sind sehr beunruhigend."

Die Königin nickte und fuhr fort. „Die führenden Wissenschaftler Englands wurden zurate gezogen. Sie kamen überein, dass es sich womöglich um ein natürliches Phänomen handelt, ausgelöst durch die Bohrungen nach dem Äther. Professor Higgins hat jedoch eine ganz andere Theorie. Eine, die sowohl phantastisch als auch plausibel klingt, Uns aber wahrscheinlich erscheint. Und die Monarchie erschüttern könnte."

Professor Higgins nickte. „Ich bin überzeugt, der Grund für alles sind die Steine der Macht."

„Die was?", entfuhr es Sean. Maddie konnte ihn gut verstehen, sie hatte dieselbe Frage.

Die Königin hob eine Augenbraue und sah Sean so an, dass dieser unwillkürlich einen Schritt zurückwich.

„Die Steine der Macht", wiederholte Professor Higgins.

„Wie können Steine so etwas auslösen?", fragte Maddie vorsichtig. Sie sah kurz zu der Königin, doch sie schien gegen diese Frage nichts einzuwenden zu haben.

Higgins lächelte. „Nun, es sind nicht die Steine, die dies direkt auslösen. Es ist ihr Fehlen."

Wieder übernahm die Königin das Wort. „Das britische Empire erstreckt sich über die gesamte Welt. England war sehr erfolgreich darin, sich alle Länder untertan zu machen, auf die ein Engländer seinen Fuß setzte. Afrika, Asien, Indien, Australien, Amerika. Das britische Empire ist überall. Nicht erst durch unsere Herrschaft, sondern schon seit vielen Jahrhunderten."

Damit blickte die Königin auf die Karte und Maddie folgte ihrem Blick. Es war wahr. Es gab kaum einen Fleck auf der Karte, der nicht das Symbol der britischen Krone trug. Genau auf diese Krone deutete die Königin mit einem Nicken und Professor Higgins beeilte sich, um an einen riesigen Tisch zu treten, der über eine massive Platte verfügte. Dort betätigte er einen verborgenen Hebel und die Platte glitt rechts und links zur Seite. Aus dem verborgenen Fach wurde etwas hochgehoben, mehrere Gegenstände, die im Kerzenlicht leuchteten und funkelten.

Maddie hatte Mühe, ihren Mund zu schließen.

„Sind das…", brachte sie atemlos heraus.

„Ja", bestätigte Sarah und musste lächeln, als sie die Kronjuwelen betrachtete, die aus einer mächtigen Krone in der Mitte und mehreren kleineren Kronen sowie Zeptern bestanden.

„Die Krone ist das unverkennbare Symbol der Herrschaft des britischen Empires", fuhr Higgins fort, der auf den Tisch gesprungen war, sich aber an der Seite hielt, „und somit des englischen Könighauses. Im Laufe der Zeit wurden mehrere Kronen hergestellt, welche jeweils die Herrschaft über ein bestimmtes Gebiet verdeutlichen sollen."

Higgins zeigte auf die verschiedenen Kronen, eine prächtiger und schöner als die andere.

„Ihnen allen gemeinsam ist, dass eine große Anzahl von Edelsteinen darin eingelassen sind. Die meisten sind schon seit Generationen im Besitz des Königshauses. Doch mit der Expansion des Reiches wurden den Kronen noch weitere hinzugefügt, welche die neuen Kolonien und Länder repräsentieren. Natürlich verwendete man dafür nur die Edelsten des Landes."

Higgins räusperte sich. „Und genau hier liegt das Problem, so jedenfalls meine Theorie. Jeder dieser Steine befand sich in seinem jeweiligen Land an einen bestimmten, von den Einwohnern verehrten, manchmal auch vergessenen Ort. Und jeder dieser Steine gehört zu den Steinen der Macht."

„Was sind die Steine der Macht?", wollte Maddie wissen.

„Schutzsteine", antwortete Mala. „Ja, ich habe davon gehört. Bei uns werden diese Steine verehrt. Sie gelten nicht nur als Repräsentanten der Macht, sondern auch als Beschützer des Landes, denen große Kraft innewohnt."

Higgins nickte. „Das ist korrekt. Es gibt diese Steine über die ganze Welt verteilt. Und ein jeder diente seinem Volk, um dieses zu beschützen."

Lord Layton nickte. „Bis wir kamen und sie entfernten, um sie den Kronen hinzuzufügen. Als Symbol der Herrschaft über das eroberte Land."

Die Königin nickte.

„Aber die Steine sind tatsächlich Schutzsteine", fuhr Lord Layton fort. „Und weil das Land nicht mehr geschützt wird, kommt es jetzt zu diesen Vorkommnissen."

Higgins nickte. „Das ist zumindest meine Theorie, die ich – das möchte ich betonen – für die Wahrscheinlichste halte."

Sean dachte nach. „Was wir also tun müssen, ist, die Steine zurückbringen."

Die Königin schnaubte und bedachte ihn mit einem missgünstigen Blick. „Welch ein Unsinn! Zurückbringen. Die Prunksteine der Königskronen. Undenkbar."

„Aber…"

„Wie stellt Er sich das vor, Mister Flanary?", fuhr die Königin mit unversöhnlichem Tonfall fort. „Einfach die Steine aus den Kronen entfernen? Weil ein Affe eine Theorie hat? Dem würde der Rat nie zustimmen. Und was würde das Volk sagen? Weil die Königskronen mit Steinen versehen wurden, geht das Empire unter? So ist also die Königsfamilie schuld. Und die Kolonien? Das Empire hat also das Unheil über alle gebracht. Und das sind nur die Völker, die dem Empire angehören. Was ist mit den anderen? Sie würden sich vereinen und versuchen, Uns zu stürzen. Stellt sich Mister Flanary dies vor?"

Sean schluckte.

„Natürlich nicht, Eure Hoheit", meinte Sarah und verneigte sich.

„Gut", entgegnete die Königin nur, um dann in keine spezielle Richtung zu schauen. Sie sprach weiter, doch es wirkte wie ein Selbstgespräch, bei dem die anderen Anwesenden bloß zugegen waren.

„Wir würden Uns zum Gespött machen, sowohl bei denjenigen, die meinen, die Krone zu unterstützen, als auch bei denen, die sie zu stürzen gedenken. Dies ist unvorstellbar. Und somit ist es ausgeschlossen, dass man offiziell den Kronjuwelen die entsprechenden Steine entnimmt. Undenkbar. Das wäre Hochverrat. Derjenige, der dies täte, müsste damit rechnen, mit der ganzen Strenge des Gesetzes verfolgt zu werden. Und er könnte sicher sein, dass er zur Strecke gebracht würde.‟

Damit sah sie Lord Layton direkt an und er hielt ihrem Blick stand. „Außerdem wird er sich der Verfolgung anderer Gruppierungen ausgesetzt sehen. Die ganze Welt wird ihn verfolgen, jedenfalls wird es ihm so erscheinen. Abgesehen davon, dass er um die gesamte Welt wird reisen müssen. Nicht in die erschlossene, zivilisierte Welt, sondern meist in die ursprüngliche, wilde, tödliche. Unzählige Gefahren warten, während er unlösbare Aufgaben bewältigen muss. Und sollte er nur bei einer einzigen scheitern, dann wären seine Königin, das Land und das gesamte Empire, wenn nicht sogar die gesamte Welt, dem Untergang geweiht. Wer sollte eine solche Bürde auf sich nehmen? Sicherlich kein Mann, der dem Ruf seiner Königin nicht folgt."

Die Königin nahm ihren Blick von Lord Layton und schritt wieder zurück zur Tür, während sich alle verbeugten. Auch ihr Berater Bernard blieb zurück und wendete sich der Gruppe zu, als die Königin die Tür durchschritten hatte und diese sich wie von Zauberhand hinter ihr schloss.

Im Auftrag Ihrer Majestät

Sean sah ungläubig Lord Layton an. „Hat die Königin dich gerade aufgefordert, die Kronjuwelen zu stehlen?"

Bernard lächelte. „Mister Flanary, das hat Ihre Hoheit natürlich nicht. Absurd. Zumal Ihre Hoheit auch gar nicht hier war und sicher keine Aufforderung an irgendjemanden gerichtet hat. Jegliche Behauptung in diese Richtung hätte den Tower zur Folge."

„Aber...", begann Sean, hielt jedoch inne, als Sarah ihm eine Hand auf die Schulter legte.

„Ihre Hoheit kann so etwas nicht gesagt haben", meinte Sarah. „So etwas wäre für die Königin von England undenkbar. Daher hat sie es auch nicht gesagt und war auch niemals hier. Wir waren niemals hier." Damit wandte sie sich an Bernard. „So ist es doch."

Bernard lächelte und verbeugte sich tief. „Es ist mir eine Freude, Ihre Bekanntschaft zu machen, Lady St. Jones."

Sarah vollführte einen eleganten Knicks. „Die Freude ist ganz auf meiner Seite."

Damit wendete Bernard sich an Lord Layton. „Ich sehe mich leider gezwungen, Ihnen mitzuteilen, dass die Königin von Ihnen sehr enttäuscht ist. Daher verlangt Ihre Majestät von Euch, Euch aus London zu entfernen. Ich denke, eine lange Reise wird Euch guttun. Und wenn Ihr zurückkehrt, wird Ihre Majestät sicher wieder besserer Stimmung sein."

Lord Layton blickte Bernard für einen Moment an, dann verbeugte er sich. „Wie es Ihrer Majestät beliebt."

„Oh nein", entgegnete Bernard. „Wie es Euch beliebt. Ihre Hoheit würde nie von Euch verlangen, eine Reise, die Euch nicht behagt, anzutreten. Es liegt ganz in Eurem Ermessen."

Lord Layton nickte. „So wie immer."

„In der Tat. In der Voraussicht, dass Ihr Euch zu der Reise entschließt, habe ich Euer Schiff vorbereiten lassen."

Lord Laytons rechte Augenbraue zuckte misstrauisch. „Mein Schiff? Ich besitze kein Schiff."

Bernard verbeugte sich lächelnd. „Genau das sich nicht in Ihrem Besitz befindliche Schiff habe ich vorbereiten lassen. Das Gepäck sämtlicher Herrschaften befindet sich bereits an Bord."

„Sämtlicher?", wollte Sean wissen. „Wir sollen alle mitkommen?"

Bevor Bernard antworten konnte, kam Mala ihm zuvor. „Gewöhne dich daran, kleiner Mann. Es wird dir helfen, wenn du ein großer Mann bist. Könige befehlen, wir folgen."

Lord Layton lächelte. „Dann begleitest du mich also."

Malas Augen funkelten ihn an, aber nicht mehr mit so viel Zorn wie vorher. „Eure Königin hat gesprochen. Auch mein Land ist in Gefahr. Der Stein dort ist der große Stern von Afrika, wie ihr ihn nennen würdet. Und dies ist sein Schwesterstein, der kleine Stern von Afrika. Beide müssen unbedingt zurück, um mein Land zu retten. Das werde ich dir nicht alleine überlassen."

„Und ich bin schon gespannt, all die wunderbaren Orte zu sehen", meinte Higgins freudig und sah so aus, als wolle er ein Rad schlagen. „Wann bekommt man schon einmal eine solche Gelegenheit? Seitdem ich von zu Hause weg bin, habe ich keine Reise mehr unternommen. Dabei bin ich ein Mann der Tat."

Sarah lächelte und Lord Layton trat an sie heran und verbeugte sich leicht. „Es tut mir leid. Dies ist nicht die Anstellung, für die Sie und Ihre Tochter hier nach London gekommen sind."

Sarah hob die Hand. „Dies ist unnötig, Lord Layton. Ich habe die Stelle in der Annahme angetreten, mich um Ihren Haushalt und Mister Flanary zu kümmern. Das muss nicht an einen bestimmten Ort geschehen, sondern immer genau dort, wo Sie und Mister Flanary sich aufhalten. Wir werden Ihnen also selbstverständlich folgen, so wie ich es bei meinem Vater und bei meinem Ehemann getan habe."

Lord Layton verbeugte sich. „Sie sind wahrlich eine bemerkenswerte Frau, Lady St. Jones."

Sarah nickte. „Deswegen hat mich mein Mann geheiratet."

„Wir reisen also mit?", wollte Maddie wissen. Sarah lächelte.

„Du hast Ihre Majestät doch gehört. War daran irgendetwas unklar?"

„Du meinst, ich habe Ihre Majestät nicht gehört. Aber wenn sie etwas gesagt hätte, wäre alles klar gewesen, auch wenn Sie das, was Sie nicht gesagt hat, nicht gemeint haben kann."

Bernard verbeugte sich vor Maddie. „Sehr gut gesprochen. Kein Wunder, dass Ihre Majestät Euch und Eure Mutter erwählt hat."

Maddie zog die Stirn in Falten. „Sie hat uns erwählt?"

„Sie hat sie erwählt?", wollte auch Lord Layton wissen.

Bernard lächelte. „Natürlich nicht. Wie töricht von mir, mich dermaßen missverständlich auszudrücken. Aber wenn Ihre Majestät dies getan hätte, dann hätte Sie sicher Mittel und Wege gefunden, Ihnen den Namen zukommen zu lassen und darauf hinzuwirken, dass sie sie anstellen. Ihre Majestät wählt immer mit Bedacht und dies wäre eine weise, sehr vorausschauende Wahl gewesen. Aber natürlich hat Ihre Majestät derlei nicht getan."

Sean schüttelte den Kopf. „Ich bin verwirrt."

„Das gibt sich schon wieder", meinte Bernard.

Damit verbeugte er sich. „Ich wünsche Ihnen eine angenehme Reise. Ich selbst muss leider noch dafür sorgen, dass die Kronjuwelen unverzüglich wieder in ihren eigentlichen Aufbewahrungsraum ins Jewel House gebracht werden. Hier sind sie ja sträflich unbewacht, da ich doch tatsächlich die zahlreichen Wachen der Kronjuwelen dazu abgestellt habe, bei den Aufräumarbeiten zu helfen. Das ist natürlich unklug. Nicht auszudenken, was alles passieren kann, jetzt, wo die Wachen Ihre Majestät begleiten und erst wieder zurückkehren werden, wenn Ihre Majestät Ihren allabendlichen Spaziergang beendet hat. Dies kann noch einige Zeit dauern. Zeit, in der viel passieren kann und mutige Diebe unerkannt fliehen können, bevor man das Verschwinden der Kronjuwelen bemerkt. Und ich habe auch noch Ihre Majestät veranlasst, die Kronjuwelen hierher zu bestellen als Vorbereitung für den Empfang des deutschen Gesandten. Wenn ich damit einen Fehler begangen haben sollte, der zu einem Unglück führt, so ist das zweifelsfrei bedauerlich und ich werde untröstlich sein."

Bernard verbeugte sich noch einmal und nahm dann denselben Weg, den auch die Königin genommen hatte.

Der Raub

„Wir haben nicht viel Zeit", meinte Lord Layton und stellte sich vor den Tisch mit den Kronjuwelen.

„Wir benötigen nicht alle", erinnerte Higgins. „Wir brauchen nur einzelne Steine, die aber über die gesamten Kronjuwelen verteilt sind. Die meisten befinden sich an der St. Edwards Krone. Ich habe hier eine Liste mit Bildern und wo die Steine angebracht sind. Wir müssen sie heraustrennen."

Sean sah ihn groß an. Als er sprach, überschlug sich seine Stimme fast. „Sie meinen, wir sollen die Kronjuwelen zerstören? Das kann doch nicht Euer Ernst sein!"

Higgins blickte Sean mit zur Seite geneigtem Kopf an. „Hast du nicht mitbekommen, dass die Königin genau das von uns erwartet?"

„Die Kronjuwelen zerstören?"

Higgins zuckte mit den Schultern. „Immerhin retten wir so das Empire."

Sean wurde sehr bleich. Er blickte hilfesuchend zu seinem Onkel, doch dessen Ausdruck zeigte tiefe Konzentration.

Higgins blickte in die Runde. „Hätte einer der Herren oder auch der Damen so etwas wie ein Messer, damit wir die Steine heraushebeln können?"

Mala lachte freudlos. „Hätte ich wirklich geplant, die Steine zu stehlen, dann hätte ich eines mitgenommen."

„Ich verstehe", meinte Higgins nickend und rieb sich am Kinn. „Das ist natürlich bedauerlich."

Maddie sah die Kronjuwelen an und dachte nach.

„Vielleicht sollen wir die Steine gar nicht heraustrennen."

„Danke", entfuhr es Sean mit deutlicher Erleichterung. Doch schon bei Maddies nächsten Satz blickte er sie wieder entsetzt an.

„Vielleicht sollen wir tatsächlich die Kronjuwelen in ihrer Gänze stehlen. Wenn wir nur einzelne Steine mitnehmen würden, die man auch noch zuordnen kann, dann wäre dies zu auffällig."

Sarah nickte und streichelte ihrer Tochter über den Kopf. „Gut kombiniert. So wird es sein."

Mala nickte ebenfalls. „Dann sollten wir keine Zeit verlieren. Ich möchte von den Wachen nicht dabei entdeckt werden, dass ich die Krone der Königin von England stehle."

„Das will ich auch nicht", merkte Sean an und blickte ängstlich zur Tür.

„Dir bleibt wohl nichts anderes übrig", meinte Maddie lächelnd und drückte Sean ein Zepter und einen Reichsapfel in die Hände. Sean sah die beiden kostbaren Gegenstände entsetzt an und schien sie fallen lassen zu wollen. Das konnte er aber nicht, weil er sich nie verziehen hätte, wenn er die Stücke beschädigt hätte.

„Wir brauchen etwas, womit wir die Sachen transportieren können", warf Mala ein. „Sonst wird es schwierig sein, alles mitzunehmen."

Sarah sah sich um und deutete dann auf mehrere kleine Wandteppiche.

Lord Layton lächelte. „Lady St. Jones, in Ihnen steckt ein kriminelles Genie."

Sarah nickte und lächelte.

Als Mala und Lord Layton zu den Wandteppichen traten und sie einfach abrissen, konnte Sean sich ein Zucken nicht verkneifen. Dann packten die beiden Männer mithilfe von Sarah und Maddie die restlichen Kronjuwelen in zwei Teppiche.

„Großartig", meinte Higgins und sprang aufgeregt auf und ab. „Jetzt sind wir offiziell Räuber. Mehr noch: die Diebe des wertvollsten Schatzes des gesamten Empires, vielleicht sogar der ganzen Welt."

Sean war nun schon eher weiß, als Maddie ihm aufmunternd auf die Schulter klopfte.

Mala begab sich auf für Maddie beeindruckende Weise geräuschlos zu der Tür, die in den Park führte und lauschte.

„Hier ist niemand", verkündete er schließlich und öffnete die Tür. Noch immer vorsichtig glitt er nach draußen und suchte die spärlich beleuchtete Gegend ab.

„Hast du eine Ahnung, wo unser Schiff sein könnte?", wollte er von Lord Layton wissen, als dieser neben ihn trat.

„Ich gehe davon aus, Bernard hat es nicht allzu weit abgestellt."

Sean trat zwischen die beiden Männer. „Wenn wir jetzt hier hinausgehen, werden wir von allen verfolgt."

Lord Layton nickte. „Sonst habe ich so etwas immer mit deinem Vater erlebt."

Sean sah Lord Layton groß an. „Mein Vater war ein Dieb?!"

Lord Layton lachte. „Nein, so wenig wie ich."

Malas strenger Blick traf Lord Layton. „Für seinen Vater kann ich nicht sprechen. Aber bei dir bin ich mir ziemlich sicher, dass dich so mancher als Dieb bezeichnen würde."

Lord Layton atmete durch. „Können wir das vertagen? Ich würde mich nur ungern schon jetzt erwischen lassen."

„Ich würde mich gerne überhaupt nicht erwischen lassen", gab Sean zu bedenken. „Zu keinem Zeitpunkt."

„Die Königin wäre sicher nicht erfreut, wenn dies geschehen würde", bestätigte Maddie. „Wo müssen wir hin?"

Lord Layton holte eine Taschenuhr, die an einer Kette hing, hervor und betrachtete sie. Dann drückte er einen Knopf, worauf sich die Zeiger begannen zu drehen und schließlich alle in eine Richtung zeigten.

Lord Layton lächelte und steckte die Uhr wieder zurück. „Da entlang."

Mala nickte und bewegte sich vorsichtig in die Richtung, gefolgt von Sean und Higgins. Dieser musste sich immer wieder zurückhalten, nicht ständig in die Luft zu springen.

„Das ist ja alles so aufregend."

Maddie sah Lord Layton an, dann auf die Tasche, in die er die Uhr gesteckt hatte. „Das ist wirklich beeindruckend."

Lord Layton lächelte. „Danke, Lady Maddie. Aber die Ehre gebührt Professor Higgins. Er ist auch verantwortlich für unser Schiff."

Maddie sah ihn mit großen Augen an. Doch dann stellte sich ihre Mutter vor sie, um dann in die Hocke zu gehen. In nächsten Moment hatte sie mit ein paar Griffen den Rock des Kleides aufgetrennt und zur Seite geschoben, sodass Maddie vollkommene Beinfreiheit besaß.

„Für den Fall, dass wir laufen müssen."

Auch bei sich selbst löste sie ein paar versteckte Schlaufen und schob den Rock zur Seite. Nun lagen auch ihre Beine frei, nur dass diese durch eine passende Hose bedeckt waren.

Lord Layton nickte anerkennend. „Also, das finde ich beeindruckend."

Sarah lächelte. „Eine Frau muss praktisch denken."

„In der Tat. Wollen wir nun?"

Sarah nickte. „Nur zu gerne, Lord Layton."

Die Guards

Sie waren nicht weit gekommen, als sie auch schon von den anderen erwartet wurden, die sich hinter einigen Bäumen versteckt hielten.

„Stimmt etwas nicht?", wollte Lord Layton wissen.

Mala nickte und deutete in verschiedene Richtungen vor ihnen. Maddie blickte dorthin, konnte aber aufgrund der Dunkelheit nicht viel erkennen. Doch dann nahm sie Gestalten wahr, die sich merkwürdig bewegten. Außerdem sahen ihre Umrisse seltsam aus, sehr kantig und unnatürlich.

„Mist!", entfuhr es Sean. „Das sind die Royal Guards."

Higgins schreckte auf. „Das ist gar nicht gut."

„Was sind die Royal Guards?", wollte Maddie wissen.

„Die Royal Guards sind menschenähnliche Maschinen", erklärte Sean. „Sie bewachen nachts die Parkanlagen und die weitläufigen Gebiete der Anwesen der königlichen Familie."

„Und sind sie gefährlich?"

„Oh ja", antwortete Higgins. „Es sind einfach nur Maschinen mit simplen Befehlen: Beschützt die Königin. Das heißt, dass mit ihnen keine Verhandlungen möglich sind. Unbefugte werden kurzerhand... Nun ja. Sagen wir es so: Wer sich nachts im Park aufhält, der ist selbst schuld."

„Verstehe", meinte Maddie nur, die sich den Rest denken konnte. Sie beobachtete sie weiter.

„Sie sehen gar nicht aus, als seien sie besonders schnell", stellte sie schließlich fest.

„Das ist richtig", bestätigte Higgins. „Allerdings sind sie alle miteinander verbunden. Wenn einer von ihnen also ein Signal gibt, dann kommen sie alle. Sie mögen nicht geschwind sein, aber es ist unglaublich, wie schnell sie auf einmal wirken, wenn viele hinter einem her sind."

„Haben sie eine Schwachstelle?", wollte Sarah wissen.

Higgins nickte. „Allerdings. Sie können ihren Kopf nur begrenzt bewegen. Zudem reagieren sie rein auf Bewegungen und Geräusche, insbesondere auf die Atmung. Ich habe das als Vorsichtsmaßnahme eingebaut, damit ich mich besser vor ihnen verstecken kann, sollte es einmal erforderlich sein."

Sean sah Higgins an. „Moment. Sie haben die Dinger gebaut?"

„Nicht gebaut. Entworfen!", verbesserte Higgins nicht ohne Stolz in der Stimme. „Zur Sicherheit der königlichen Familie. Sehr effektiv. Seitdem hat niemand mehr versucht, nachts in den Palast einzudringen." Er hielt kurz inne. „Oder es ist vielmehr nichts mehr darüber bekannt geworden, dass es jemand versucht hätte."

Sean atmete durch. „Das klingt wirklich nicht sehr ermutigend."

„Was machen wir jetzt?", fragte Maddie erwartungsvoll.

„Ich würde vorschlagen, wir bewegen uns nicht und lassen sie an uns vorbeigehen. Solange sie nicht auf uns reagieren, haben wir nichts zu befürchten."

Sean nickte. „Und wenn sie auf uns reagieren?"

„Die Teile könnten einen Bären erledigen", beantwortete Mala die Frage. „Ich habe es einmal gesehen. Danach war der Bär nur noch als Kaminvorleger zu gebrauchen. Naja, das was von ihm übrig war."

Maddie atmete tief ein. „Danke für die anschauliche Antwort."

Alle schwiegen und sahen die Gestalten an, die Maddie immer unheimlicher erschienen. Ihre steifen, abgehackten Bewegungen hatten etwas zutiefst Beängstigendes, ebenso ihre kantigen, jedoch menschenähnlichen Körper. Dazu stieg von ihnen ein leichter Dunst auf, der im Licht der Ätherlaternen grünlich schimmerte. Dies ließ sie noch gespenstischer aussehen, als sie schon waren.

„Wir sollten uns verteilen", schlug Higgins vor. „So dicht bei einander könnten wir ihr Misstrauen wecken."

„Haben Sie noch einen guten Hinweis?", wollte Sean mit für Maddie nicht zu überhörendem Spott wissen. Der Professor aber schien dies jedoch bewusst nicht wahrzunehmen und lächelte stattdessen.

„Allerdings. Seht möglichst nicht menschenähnlich aus. Die Guards sind so eingestellt, dass sie neben Bewegungen auf menschliche Umrisse reagieren."

Maddie sah Higgins mit großen Augen an. „Und Sie haben die Dinger konstruiert?"

„So ist es", meinte Higgins stolz. „Ich habe mich dabei an den Berichten über die Raubdinosaurier Südamerikas orientiert und deren Jagdverhalten. Sehr interessant. Und jetzt sollten wir uns verteilen."

Damit sah er sich nach einem passenden Versteck um, als sein Blick schließlich den Baum hinauf glitt. Lachend schlug er sich gegen die Stirn. „Ich vergesse immer, dass ich auch ein Affe bin."

Damit näherte er sich dem Baum und kletterte ihn problemlos hinauf. Sean und Maddie sahen ihm hinterher und dann einander an.

„Kannst du das auch?", wollte Sean wissen.

Maddie zuckte mit den Schultern. „Nicht so wie er und sicher nicht so unauffällig."

„Seid froh, dass es keine Löwen sind", merkte Mala an. „Löwen jagen auch in Dunkelheit und sehen dich immer."

„Wenn ich einen Löwen sehe, werde ich daran denken", meinte Sean.

Mala schüttelte den Kopf. „Du siehst den Löwen nicht, der Löwe sieht dich." Damit wandte er sich auch an die anderen. „Geht jeder zu einem Baum, legt die Arme daran und presst euch ganz nahe an den Stamm. Und wenn die Guards kommen: Nicht atmen. Nicht bewegen."

Damit sah er jeden von ihnen noch einmal mit seinem durchdringenden Blick an und bewegte sich erneut vorsichtig wie eine Katze zu einem der Bäume. Nachdem er den Teppich mit den Kronjuwelen nahe dem Stamm abgelegt hatte, presste er sich an den Stamm und legte die Arme darum. In dem schummrigen Licht schien er wirklich mit diesem zu verschmelzen.

Sarah sah ihre Tochter an, dann nickte sie, um sich ebenfalls vorsichtig zu einem anderen Baum zu begeben.

„Viel Glück", meinte Sean und folgte Lord Layton, der sich auch zu einem Baum begeben hatte.

Maddie atmete durch und blickte noch einmal auf die Guards. Es waren schon mehr und ihre Augen leuchteten gespenstisch in der Dunkelheit. Es kam Maddie so vor, als seien die Ätherlaternen mit Absicht noch mehr gedämpft worden, um die Guards noch unheimlicher erscheinen zu lassen, als sie eh schon waren.

Kamen sie näher? Es machte den Anschein. Sie hielten genau auf die Baumgruppe zu, hinter denen sie sich versteckten. Mehr noch. Sie kamen unmittelbar auf Maddie zu.

Maddie presste sich noch mehr an den Baumstamm und wagte nicht mehr, sich zu bewegen. So auf sich alleine gestellt bemerkte sie plötzlich, wie laut sie atmete. Sofort versuchte sie ihre Atmung zu kontrollieren.

Die Geräusche der Hydraulik und der zahlreichen Zahnräder der mechanischen Guards wurden immer lauter. Maddie schloss die Augen und atmete so ruhig sie konnte. Ihr Herz schlug ihr bis zum Hals. Konnten die

Guards das hören? Für Maddie klang es, als würde ein Hammer auf einen Amboss schlagen, wieder und wieder.

Näher und näher kam das Geräusch der sich so abgehackt bewegenden Guards. Maddie wollte die Augen nicht öffnen, aber ihr blieb nichts anderes übrig. Sie musste wissen, ob einer dieser so unheimlichen Gestalten sie schon erreicht hatte.

Ganz vorsichtig öffnete Maddie ihre Augen, nur einen spaltbreit.

Ein Guard stand genau bei ihr und seine leuchtend grünen Augen betrachteten sie mit einer Kälte, die Maddie einen Schauder über den Körper jagte. Grünlicher Dampf stieg durch die Ritzen der mechanischen Gestalt auf und Maddie hätte am liebsten laut aufgeschrien. Dann erschienen noch zwei Guards und blieben genau neben dem anderen stehen. Auch sie richteten ihre leuchtenden Augen auf Maddie.

Langsam beugte sich der erste Guard zu Maddie herunter. Maddie wagte es nicht, zu atmen. Innerlich musste sie dagegen ankämpfen nicht loszuschreien, während der eckige Kopf des Guards ihrem Gesicht immer näher kam.

„Hierher!", hörte sie plötzlich Seans laute Stimme. „Hier bin ich, ihr blöden Blecheimer."

Sofort richtete sich der Guard auf und gemeinsam mit den anderen ließ er Maddie einfach stehen. Erst als Maddie sicher war, dass sich die Guards alle entfernt hatten, wagte sie es aufzusehen. Sean stand nicht mehr an seinem Baum, sondern lief von der Baumgruppe weg. Damit hatte er scheinbar die Aufmerksamkeit sämtlicher Guards auf sich gezogen, die ihn nun allesamt verfolgten.

„Lauft zum Schiff!", rief Sean noch, laut hörbar. „Ich komme dann dorthin."

Dann war Sean verschwunden und mit ihm die Guards.

Die Argo

Higgins kletterte von dem Baum herunter. „Hm, nicht besonders intelligent, die Burschen. Mit allen gemeinsam einem einzigen Ziel zu folgen, ist keine gute Taktik. Das nächste Modell muss ich besser programmieren."

„Ich bin mit dem Modell im Augenblick sehr zufrieden", gab Maddie zu bedenken.

„Mutiger junger Mann", meinte Mala anerkennend und schulterte seinen Teppich.

„Ja, ganz der Vater", bestätigte Lord Layton.

„Dann lasst seinen Mut nicht vergeblich sein", warf Maddies Mutter ein.

Lord Layton nickte. „Wie so oft haben Sie Recht, Lady St. Jones."

Damit schulterte er ebenfalls seinen Teppich und lief los.

Während Maddie rannte, sah sie sich immer wieder um. Sean hatte scheinbar wirklich die gesamten Guards von ihnen fortgelockt. Aber würde er es schaffen, ihnen zu entkommen und rechtzeitig das Schiff zu erreichen?

„Da ist sie", riss plötzlich Lord Laytons Stimme Maddie aus ihren Gedanken. „Hallo, altes Mädchen."

„Wehe, die haben ihr etwas angetan", meinte Mala.

Zuerst verstand Maddie nicht, wovon die beiden Männer sprachen, doch dann sah sie es. Auf einer von hellen Ätherlampen umrahmten Lichtung stand ein prächtiges Luftschiff von gut fünfzehn Metern Länge. Der Rumpf war zylinderförmig wie bei den Zeppelinen. Doch während bei diesen die Hauptkabine darunterlag, befand sie sich hier im Rumpf des Luftschiffes. Die Steuerkabine war vorne und über den gesamten Schiffskörper ragte die oberste Hälfte eines ebenfalls zylinderförmigen Gebildes heraus. Maddie war sich sicher, dass sich darin das Äthergas befand, welches aus dem Schiff erst ein Luftschiff machte. Und dies war ein wahres Luftschiff, da obenauf sowie an den Seiten tatsächlich Segel angebracht waren, komplett mit Masten und allerlei Tauen.

„Die Argo", meinte Higgins stolz.

Mala lief um das gesamte Luftschiff herum und beäugte es misstrauisch. Maddie betrachtete es voller Erstaunen. Noch nie hatte sie ein so beeindruckendes Schiff gesehen.

„Es ist prachtvoll."

„Das will ich meinen", stimmte ihr Mala zu. „Wir haben lange daran gebaut."

Damit öffnete er die Tür, die zischend aufglitt. Maddie sah ihn an, dann zu Lord Layton. Der nickte.

„Mala und Higgins haben hier alles konstruiert und gebaut."

Mala drehte sich um und blickte finster. „Und wir wären sicher fertig geworden, wenn deine Freunde uns nicht abgeholt hätten." Damit richtete er seine Augen auf Higgins, der entschuldigend die Arme hob.

„Es war meine Pflicht als Untertan, Ihre Majestät über die Gefahr zu unterrichten."

„Du hättest uns wenigstens warnen können."

Higgins blieb unbeeindruckt. „Dann wärt ihr geflohen."

Damit bestieg er die Argo und Lord Layton folgte ihm.

„Er hat Recht. Du und ich hätten uns aus dem Staub gemacht."

Mala nickte. „Mit Recht. Diese ganze Reise ist ein Himmelfahrtskommando."

„Ihre Majestät hält es für angebracht, Ihr gesamtes Vertrauen auf Sie und uns andere zu setzen", wendete Sarah ein und betrat das Schiff, um sich dort lächelnd umzusehen. Mala drehte an einem Ventil und an vielen Stellen flammten Ätherlampen auf, die jedoch gelblich leuchteten.

Maddie öffnete unwillkürlich den Mund. Das Innere der Argo war ebenso beeindruckend wie ihr Äußeres. Alles machte einen eleganten Eindruck, war mit geschliffenem Holz verkleidet und wirkte so wie in einem prachtvollen Salon in einem edlen Herrenhaus. Überall liefen kupferne Rohre entlang, die zu Ventilen, Reglern, Hebeln und kleinen Boilern führten. Zudem gab es Schränke und zahlreiche Uhren und Anzeigen, die mit allerlei seltsamen Symbolen verziert waren.

Lord Layton legte den Teppich hin, atmete durch und sah zu Maddies Mutter. „Ich bezweifle, dass die Königin hiermit eine gute Entscheidung getroffen hat."

Sarah lächelte. „Und doch haben Sie den Auftrag angenommen."

„Ihre Majestät reagiert nicht allzu erfreut auf ein ‚Nein'", gab Mala zu bedenken.

Sarah nickte. „Und doch ist sie weise und vertraut eine so wichtige Aufgabe nicht einfach irgendjemandem an. Ich glaube, sie hat mehr Vertrauen in Ihre Fähigkeiten als Sie selbst."

Mala atmete missbilligend aus. „Wenn die Königin wüsste, was ich weiß, dann hätte Sie auch weniger Vertrauen und wir unsere Ruhe."

„Im Grunde war es mein Vorschlag", warf Higgins ein und erntete von allen Anwesenden erstaunte Blicke.

„Moment." Mala hob die Hand und atmete durch. „Nicht nur, dass du der Königin die Sache mit den Steinen eingeredet hast..."

„Nicht eingeredet, es ist eine fundierte Theorie", verteidigte sich Higgins mit erhobenem Finger.

„… du hast Ihr auch noch vorgeschlagen, dass wir den Auftrag ausführen sollen?"

Higgins verbeugte sich. „Nichts zu danken, dass ich Euch diese Ehre zuteilwerden ließ."

Mala sah ihn mit finsterem Blick an. „Eines Tages werde ich dir zeigen, was wir in meinem Land mit Affen wie dir machen."

Higgins wirkte verwirrt, aber Mala ließ ihn einfach stehen und ging nach vorne, wo sich das Steuerrad befand. Es war verhältnismäßig klein und davor war ein Sitz angebracht, sodass der Steuermann sitzen konnte. Zudem gab es neben vier weiteren Sitzen auch hier ein Pult, das sich über die gesamte Breite erstreckte. Es war ebenso mit den unterschiedlichsten Anzeigen, Ventilen, Hebeln und Rädern versehen wie die Kabine.

„Mach uns startbereit", meinte Lord Layton und Mala setzte sich hinter das Steuerrad. Higgins und Lord Layton hingegen drückten auf Knöpfe und drehten an Rädern oder zogen an Hebeln, die nicht in Malas Reichweite waren.

„Würdest du bitte durch das Fernrohr schauen und nach Sean Ausschau halten", wandte sich Lord Layton an Maddie und riss sie damit aus ihrem grenzenlosen Staunen. Sofort begab sich Maddie an das gezeigte Fernglas und blickte hindurch.

„Ich kann überhaupt nichts sehen", meinte sie nur.

Higgins sprang auf das Fernrohr und drückte einen Knopf.

„Damit sollte es nun besser gehen."

Maddie sah erneut hindurch und bekam gerade noch mit, wie sich eine grünliche Nebelwolke über die Linse legte und alles grünlich leuchten ließ. Aber jetzt konnte Maddie tatsächlich in der Dunkelheit etwas erkennen.

„Ich sehe Sean", verkündete sie freudig. „Oh Mann, wie schnell er rennt! Und irgendwie sieht er sehr ängstlich aus."

„Sind die Guards hinter ihm her?", wollte Sarah wissen und Maddie schüttelte den Kopf.

Es war eindeutig etwas hinter ihm her, aber das war kein Guard, sondern etwas viel Größeres. Etwas mit einem gewaltigen Maul und Zähnen so groß wie ihr Unterarm.

Bevor sie etwas sagen konnte, blickte Lord Layton schon durch das Fernglas. Dann wendete er sich an Higgins.

„Haben Sie auch veranlasst, dass man einen mechanischen Tyrannosaurus baut?"

Higgins strahlte. „Oh ja. Ist er etwa schon fertig?"

„Und ob er fertig ist", meinte Maddie nur blass.

„Sofort starten!", rief Lord Layton Mala zu, der nicht weiter zögerte und einige Hebel umlegte. Sofort kam Leben in das Luftschiff, das fast automatisch abhob und leicht schwankte.

Lord Layton ging zu einer Falltür im Boden und öffnete sie. Darunter kam eine Luke zum Vorschein, die er ebenfalls öffnete und durch welche man den vorbeiziehenden Boden erkennen konnte. Durch die Öffnung ließ Lord Layton ein Seil herab und wartete.

Mala lenkte die Argo so, dass sie genau über Sean schwebte. Während der Junge sich das Seil packte und Mala das Luftschiff nach oben zog, sah Maddie noch den gewaltigen mechanischen Dinosaurier auf sie zustampfen.

Hatte sie schon geglaubt, die Guards wären furchtbar anzusehen, so übertraf der Anblick des Monstrums diese um ein Vielfaches. Schon sah sie die Kiefer nach Sean schnappen, doch Mala konnte das Schiff gerade noch rechtzeitig geschickt genug lenken, um den gewaltigen Zähnen auszuweichen. Dann verschwanden sie für das Ungetüm unerreichbar in den Abendhimmel.

Als Sean an Bord war, legte er sich auf dem Boden ausgestreckt hin und atmete erst einmal schwer, während Lord Layton die Luke samt Falltür schloss.

„Wohin, Kapitän?", wollte Mala wissen.

„Erst einmal hinaus aus London", meinte Lord Layton und setzte sich neben ihn auf einen der Stühle.

Higgins klatschte begeistert. „Das war unser erstes Abenteuer. Weitere werden ganz sicher folgen. Mögen sie ebenso spannend sein."

Maddie lachte. Sean tat es ihr gleich und schüttelte dabei den Kopf.

Zeitfracht Medien GmbH
Ferdinand-Jühlke-Straße 7
99095 Erfurt, Deutschland
produktsicherheit@kolibri360.de